RENDIRSE AL DESEO

ANNE OLIVER

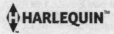

HARLEQUIN™

Editado por Harlequin Ibérica.
Una división de HarperCollins Ibérica, S.A.
Núñez de Balboa, 56
28001 Madrid

I.S.B.N.: 978-84-687-6633-1
Depósito legal: M-22536-2015
Impresión en CPI (Barcelona)
Fecha impresion para Argentina: 11.4.16
Distribuidor exclusivo para España: LOGISTA
Distribuidor para México: CODIPLYRSA
Distribuidores para Argentina: Interior, DGP, S.A. Alvarado 2118.
Cap. Fed./Buenos Aires y Gran Buenos Aires, VACCARO HNOS.

Capítulo Uno

–No sé si lo sabes, pero Leo Hamilton quiere renovar East Wind. A fondo.

Breanna Black parpadeó y miró a Carol Reece-Barton, la mujer que estaba a punto de dejar de ser su vecina.

–¿Renovarla? ¿A fondo? –preguntó–. ¿Qué significa eso, exactamente?

–Bueno, tengo entendido que va a instalar un ascensor y a tirar unas cuantas paredes para hacer una piscina. Entre otras cosas.

Veinticuatro horas después, Brie seguía dando vueltas al asunto. Estaba en la fiesta de despedida de George y Carol. Los Reece-Barton habían vendido East Wind, su preciosa mansión del siglo XIX, a un individuo que, aparentemente, no sentía el menor respeto por los edificios históricos. Y a Brie le parecía indignante. Si el tal Leo Hamilton quería una piscina interior, ¿por qué no se había comprado una casa moderna?

–Siento interrumpirte, George. No sabía que tenías compañía.

Brie se estremeció al oír la ronca y sensual voz de hombre que sonó en la escalera. Había subido al cuarto de baño a lavarse las manos, pero sintió tanta curiosidad que se las secó con rapidez y abrió la puerta de par de par.

¿Quién sería?

Desgraciadamente, no pudo entender nada. Las palabras del desconocido se fundieron con las de los veintitantos invitados a la fiesta, sin contar la música del flautista que estaba interpretando una versión de *Greensleeves*. Sin embargo, su tono le interesaba mucho más que sus palabras. ¿Tendría un aspecto tan sexy como su voz? Y, sobre todo, ¿sonaría igual en la cama?

Se miró en el espejo y se empezó a retocar el maquillaje. Ardía en deseos de bajar a echarle un vistazo, pero se lo tomó con calma. No iba a salir corriendo como si fuera una quinceañera. Además, pensó que seguramente estaría casado y que tendría seis hijos. O que sería demasiado bajo, lo cual era un problema para una mujer de un metro ochenta.

Acababa de salir al corredor cuando el desconocido apareció en lo alto de la escalera. Y Brie, que normalmente era una mujer segura de sí misma, lo saludó con un timidez.

—Hola…

Él asintió y dijo, con aquella voz pecaminosa:

—Buenas noches.

A Brie le pareció un sueño hecho realidad. Treinta y pocos años. Más alto que ella. Con ojos grises, cabello oscuro y un cuerpo perfecto bajo un traje del mismo color que sus ojos.

Era tan guapo que se alegró de haberse retocado el carmín.

Y, justo entonces, vio el nombre del pase de seguridad que llevaba en la chaqueta: Leo Hamilton.

Brie se llevó tal disgusto que tuvo que hacer un esfuerzo para no gemir y otro para no decirle un par de cosas desagradables sobre su proyecto de renovación. A fin de cuentas, iba a ser su vecino. Era mejor que sonriera y lo tratara con amabilidad.

—Ah, tú eres Leo Hamilton…

—¿Nos conocemos?

—No, es que acabo de ver tu nombre en el pase —respondió ella—. Soy Breanna Black, tu nueva vecina.

Él volvió a asentir.

—Breanna…

Brie le ofreció la mano, y Leo Hamilton tardó tanto tiempo en estrecharla que ella se preguntó si tendría intención de hacerlo. Pero, al final, se la estrechó. Y la miró con sorpresa cuando recibió un apretón tan fuerte como el suyo.

—Llámame Brie, por favor… —dijo—. Me han contado que vivías en Melbourne y que has comprado East Wind para vivir en ella.

—Es más una inversión que otra cosa. Aunque te han informado bien.

Leo Hamilton habló con un tono casi acusatorio, como si le molestara que se metiera en sus asuntos. Pero también eran los asuntos de Brie. Las obras que pretendía hacer podían influir en el valor de su propia casa, que se encontraba al lado. De hecho, East Wind y West Wind eran idénticas.

—Me lo dijo Carol —explicó—. George y ella son amigos míos…

–Comprendo.

–Y también me han dicho que te vas a hacer una piscina.

–¿Siempre crees todo lo que te dicen?

Leo se giró hacia la escalera y ella aprovechó la ocasión para admirar su perfil. Era tan perfecto como todo lo demás, aunque Brie pensó que a su piel le habría venido bien una de sus cremas reparadoras a base de frutas. Una crema que ella le habría lamido con mucho gusto.

–No, no creo todo lo que me dicen, pero creo a Carol –contestó–. Por cierto, ¿sabes que East Wind es un edificio histórico que…?

–¡Chris! Estoy aquí… –la interrumpió Leo, dirigiéndose a alguien que estaba en la planta baja.

Brie se quedó perpleja.

–¿Qué?

Leo se volvió y la miró con intensidad. Se había detenido tan cerca de ella que casi se rozaban; tan cerca, que a Brie se le endurecieron los pezones. Y, de repente, se sintió pequeña y vulnerable. Algo que ningún hombre había conseguido.

–Chris es mi arquitecto –explicó él.

–Ah… –dijo–. ¿Y qué opina de tu proyecto de renovación?

Leo no llegó a responder. Le dio la espalda y se marchó por donde había llegado, dejándola con la palabra en la boca.

¿Cómo se atrevía a ser tan grosero?

El enfado de Brie aumentó considerablemente cuando miró hacia abajo y vio que su arquitecto no

6

era un hombre, sino una mujer con quien estuvo hablando unos momentos: una rubia impresionante, de grandes pechos y escote generoso, que llevaba una tableta en la mano.

Momentos después, apareció George y se fue con él hacia el vestíbulo de la casa, mientras la rubia de la tableta se dirigía a la cocina. Para entonces, Brie ya había llegado a la conclusión de que su nuevo vecino se había olvidado de ella; pero, súbitamente, Leo se giró y le lanzó una mirada enigmática que le arrancó otro escalofrío.

Brie se sintió como si le hubieran frotado todo el cuerpo con una de sus cremas exfoliantes.

¿Qué le estaba pasando? Nunca se había sentido insegura delante de un hombre, por muy sexy o atractivo que fuera. Pero el irritante, arrogante y maleducado Leo Hamilton había resultado ser la excepción.

Apartó la vista y bajó por la escalera con la cabeza bien alta. Cuando llegó junto a George, Leo se acababa de ir.

—Espero no haberlo asustado —dijo.

George sonrió.

—Sospecho que tu nuevo vecino no es un hombre que se asuste con facilidad. Se ha ido porque su avión sale dentro de poco… Pero no te preocupes por eso, Brie. Estoy seguro de que tendréis ocasión de conoceros mejor.

Ella soltó una carcajada.

—¿Conocernos mejor? ¿Para qué? No es mi tipo.

—¿Ah, no?

—No.

Brie sabía lo que George estaba pensando. Era un hombre muy conservador y, como la había visto con muchos hombres diferentes, creía que se acostaba con cualquiera. Pero se equivocaba. Ella elegía a sus amantes con sumo cuidado. Y, en ese momento, Leo era la última persona del mundo con quien habría compartido su cama.

Solo le interesaban dos cosas de su nuevo vecino. La primera, averiguar qué pretendía hacer con East Wind, aunque implicara hablar con su arquitecta y preguntárselo sin más. La segunda, devolverle la pelota por el plantón que le había dado en la escalera.

Lo demás era completamente irrelevante.

Leo se recostó en el asiento del taxi que lo llevaba al aeropuerto. Estaba desconcertado con lo que había sucedido en la mansión. De hecho, su cuerpo vibraba como si acabara de sentir un terremoto.

Un terremoto que tenía un nombre: Breanna Black.

Aquella mujer le había gustado tanto y tan inesperadamente que se había ido de East Wind antes de tiempo porque se sentía incapaz de controlar su libido. Y ahora tenía un problema. Lo último que necesitaba era una vecina que le despertara un montón de imágenes lujuriosas. Incluso consideró la posibilidad de dirigir su proyecto a distancia, para no tener que verla otra vez.

Sin embargo, desestimó la idea y se maldijo por conceder tanta importancia a una mujer a quien, por otro lado, había conocido esa misma noche. El proyecto de East Wind era lo único importante. Un proyecto demasiado personal como para permitir que su libido se interpusiera.

Además, no tenía tiempo para aventuras amorosas.

Pero tampoco podía negar que Breanna le había causado una fuerte impresión. Era una belleza dura, sin sutilezas de ninguna clase; una tentación de pómulos afilados, cabello negro, ojos oscuros como la medianoche, pechos grandes y labios tan rojos y apetecibles que había sentido el deseo de olvidar toda cautela y asaltarlos.

Sacudió la cabeza e intentó borrarla de su imaginación, sin éxito. Definitivamente, las cosas no habían salido como pensaba. En lugar de quedarse y hablar con Chris, quien le debía informar sobre el estado del proyecto, había huido por culpa de su nueva vecina. Y, por si eso fuera poco, la había tratado de un modo tan grosero que ya se había ganado su enemistad.

¿Qué podía hacer? Su hermana necesitaba una aliada en el vecindario, una persona en quien pudiera confiar cuando él no estuviera presente.

Solo había una solución. Cuando hablara con Sunny, se abstendría de mencionar su encontronazo con la señorita Black. Y, si volvía a ver a Breanna la semana siguiente, haría lo posible por enmendar el error que había cometido.

Su hermana no merecía menos.

***

Dos horas después, Leo subió los escalones que llevaban a la puerta principal de su mansión de Melbourne. Hacía frío, y el evocador sonido de un violín sonaba en el interior de la casa.

Se detuvo un momento y se dedicó a escuchar la melodía. Estaba encantado de que Sunny hubiera conseguido un puesto en Hope Strings, una organización que trabajaba con la prestigiosa Orquesta Filarmónica de Tasmania; y se sentía especialmente orgulloso de ella porque lo había conseguido a los veinticuatro años de edad y a pesar de su discapacidad física.

Cuando entró en la mansión, se quitó el abrigo y aspiró el aroma de la bullabesa que estaba preparando su cocinera y ama de llaves, la señora Jackson. Era un aroma tan delicioso como la vida que Leo llevaba últimamente. Tenía la paz y la tranquilidad que nunca había tenido en su infancia, y las cosas iban bastante bien.

Pero todo eso estaba a punto de cambiar.

El éxito profesional de Sunny la había llevado a superar otros temores y exigir su independencia. En poco tiempo, se marcharía de Melbourne, tendría su propia casa y viviría sola. Incluso se había negado a que Leo le contratara un ama de llaves. Solo quería una persona para las tareas de limpieza, y con la condición de hacerse cargo de su salario.

Por supuesto, Leo se alegraba de que hubiera llegado tan lejos. Su hermana era una mujer muy fuerte, que lejos de rendirse tras el incendio que le había costado la movilidad de la pierna derecha, había seguido adelante con más determinación. Sin embargo, eso no significaba que pudiera valerse totalmente por sí

10

misma. Necesitaba un lugar adecuado a sus necesidades. Y una de esas necesidades era la piscina que Breanna Black consideraba un capricho.

El clima de Tasmania no se llevaba bien con las piscinas exteriores. Leo lo sabía de sobra y, como Sunny adoraba nadar, había decidido instalar una piscina interior en East Wind. Pero, al final, había cambiado de idea porque temía que sufriera un accidente estando sola y se ahogara.

En cualquier caso, no estaría sola demasiado tiempo. Leo trabajaba por su cuenta, y podía viajar a Tasmania con regularidad. Además, tenía intención de comprar un apartamento cerca de East Wind. Y le daba igual que su hermana lo acusara de ser un cretino que intentaba controlar su vida. Solo quería asegurarse de que estuviera a salvo.

–¿Qué estás haciendo ahí, tan serio?

Leo se sobresaltó al oír la voz de Sunny. Estaba tan sumido en sus pensamientos que ni siquiera la había oído.

–Nada… Solo te estaba escuchando.

Ella lo miró con ironía, apoyada en su bastón.

–¿Que me estabas escuchando? Pero si dejé de tocar hace cinco minutos…

–Sí, bueno… –dijo él, incómodo–. Por cierto, todavía no me has grabado el CD que te pedí.

–Estoy en ello –le aseguró–. ¿Qué tal te ha ido en la casa nueva?

Leo se acordó inmediatamente de Breanna, aunque no la mencionó.

–Bastante bien –dijo.

–Pues, por la cara que tienes, cualquiera diría que ha surgido algún problema.

–Nada que no pueda solucionar. –Leo se acercó a su hermana, le puso las manos en los hombros y sonrió–. Estoy hambriento. ¿Ya has cenado? ¿O me estabas esperando?

–Te estaba esperando. Como siempre.

Leo asintió y avanzó con ella por el pasillo. Una vez en la cocina, él se sentó y permitió que ella sirviera la cena y sacara una botella de vino. Sunny estaba empeñada en demostrar que podía valerse por sí misma.

–¿Otra botella de vino? –preguntó él, mientras servía dos copas–. ¿También estamos hoy de celebración?

Ella rio y se acomodó al otro lado de la mesa.

–No me canso de celebrarlo… –Sunny alzó su copa y le propuso un brindis–. Por la siguiente aventura.

–Por tu siguiente aventura –repitió él–. Sea la que sea.

Sunny echó un trago y dijo:

–No me refería a mis aventuras, sino a las tuyas.

–¿A las mías? No sé a qué te refieres.

–¿Ah, no? ¿Y qué me dices de esa morenita a quien enviaste una docena de rosas? ¿Cómo se llamaba…? ¿Aisha?

Leo frunció el ceño. Normalmente, hacía lo posible para que Sunny no se enterara de su vida amorosa. Pero le había oído mientras encargaba el ramo por teléfono, y no lo podía negar.

12

–¿Qué puedo decir? Ya sabes cómo soy… No estoy hecho para las relaciones duraderas.

–Sí, sé cómo eres. Y me parece muy triste.

Leo se encogió de hombros.

–En fin, supongo que el amor no es lo tuyo –continuó ella–. Estás demasiado ocupado con tu trabajo, siempre en busca de otro millón…

–Y en busca de otro desafío.

Ella volvió a sonreír.

–En eso somos iguales. Yo también adoro los desafíos. De hecho, he decidido participar en la carrera de natación que se organiza todos los años en el puerto de Sídney.

Leo parpadeó, atónito.

–¿Estás hablando en serio?

–Por supuesto que sí. –Sunny se llevó un poco de pescado a la boca–. Es en enero, dentro de nueve meses. Tenemos tiempo de sobra para comprarte un bañador.

–¿A mí? ¿Por qué?

–Porque me he apuntado a la carrera de discapacitados. Y tenemos que nadar con un acompañante.

Él gruñó.

–Bueno, ya lo hablaremos…

Leo no volvió a mencionar el asunto, aunque tampoco hacía falta; ella lo conocía de sobra y sabía que, al final, sería su acompañante en la carrera. Además, eso no le preocupaba tanto como su inminente mudanza a East Wind. Sunny había superado sus cicatrices y su discapacidad sin una sola queja, y ahora estaba a punto de empezar una nueva vida.

–No te preocupes. Estaré bien –dijo ella, adivinando sus pensamientos.

–Sí, ya lo sé… Y también sé que mamá habría estado orgullosa de ti.

–No. Habría estado orgullosa de los dos.

Leo la miró a los ojos y pensó en la terrible noche que había cambiado sus vidas para siempre. Habían pasado doce años desde entonces, pero lo recordaba como si hubiera sido el día anterior. Y se sentía terriblemente culpable.

Sí, era cierto que había salvado a su hermana de las llamas; pero no había podido salvar a su madre. Y no dejaba de pensar que, si aquella tarde se hubiera refrenado y no hubiera golpeado a su padre, el maldito monstruo no habría vuelto a la casa ni habría provocado el incendio que también le costó la vida.

–Es una pena que no esté con nosotros –continuó Sunny–. Habría sido feliz con mi concierto de Sídney. Siempre quiso que tocara en la Opera House.

–Bueno, al menos estaré yo…

–Cuento con ello. Es mi último concierto antes de que ingrese en Hope Strings –dijo–. Es dentro de tres semanas… no lo olvides.

–No lo olvidaré –le prometió.

Leo se maldijo. Iban a ser unas semanas complicadas. Además de sus compromisos laborales, tenía que supervisar las obras de East Wind, buscar un piso de alquiler en Hobart y quitarse de la cabeza a cierta mujer que había despertado sus instintos más animales.

No estaba dispuesto a perder el tiempo con una distracción como Breanna Black.

Capítulo Dos

Una semana después, Brie se presentó en la puerta trasera de East Wind con un carrito para llevarse las plantas que Carol le había dejado. Tenía llave de la casa porque habían intercambiado copias.

Antes de abrir, echó un vistazo a su alrededor. Su amiga le había asegurado que la mansión estaría vacía y que Leo Hamilton no llegaría hasta el martes, pero toda precaución era poca. Luego, desactivó la alarma y entró.

La puerta trasera de East Wind daba a una sala semicircular con ventanas de invernadero perfecta para las plantas. Brie miró los tiestos de albahaca, orégano, hierbabuena y limoncillo y sonrió.

–Hola, preciosos. He venido para llevaros a casa.

Acercó el carrito, recogió los tiestos más pequeños, llenó un aerosol de agua y los empezó a humedecer. Mientras lo hacía, acarició las hojas de una aloe vera gigantesca.

–Sospecho que tú pesas mucho… Quizá debería hablar con el señor Leo Hamilton y pedirle que me ayude a llevarte.

Suspiró, conectó unos cascos al móvil que llevaba en el bolsillo de los vaqueros y puso su lista de música preferida.

–Aunque, por otra parte, dudo que me ayude. Me trata como si no existiera.

Brie no soportaba que la ningunearan. Durante años, había sido invisible para casi todos los demás. Hasta que se rebeló en su adolescencia y aprendió a llamar la atención, una habilidad que también le había causado unos cuantos problemas.

Sin embargo, ya no necesitaba llamar la atención. Ya no pasaba desapercibida. Salvo en lo tocante a su nuevo vecino.

Y ni siquiera sabía por qué le molestaba tanto.

–Puede que ese tipo grande y grosero no sepa que existo –continuó, con la mirada en un cactus–. Pero se va a enterar de quién soy.

Brie alzó el aerosol y apretó la palanca con fuerza.

Al parecer, sus días de adolescente rebelde no habían terminado.

Leo se apoyó en el marco de la puerta, con los brazos cruzados sobre el pecho. Estaba disfrutando de un espectáculo verdaderamente divertido. Su nueva vecina se dedicaba a pulsar una y otra vez el gatillo de un aerosol sobre un pobre cactus al que hablaba en voz alta.

Lo había escuchado todo. Empezando por lo del tipo grande y grosero.

No había hecho ningún esfuerzo por ocultar su presencia. Había llegado unos minutos antes y, al ver que la puerta trasera estaba abierta, se acordó de que George le había dicho que Breanna tenía una copia de

16

la llave. Por lo visto, aquella mujer desconocía el concepto de propiedad privada. Entraba en las casas de los demás como si fueran la suya. Pero sus nalgas eran tan bonitas que, en lugar de interrumpirla, Leo se quedó en la entrada y se dedicó admirarla.

Llevaba un top de color amarillo que enfatizaba sus grandes senos, y unas mallas negras que se ajustaban como una segunda piel a sus larguísimas piernas. Además, se había recogido el pelo en una coleta de caballo que oscilaba de un lado a otro cada vez que se movía al son de la música. Era la viva imagen de la tentación. Y Leo deseó acercarse, soltarle el cabello y acariciárselo.

Había trabajado cinco días a destajo para poder marcharse a Hobart el fin de semana. Tenía que alquilar un apartamento para él y estar presente en East Wind cuando llegaran el fontanero, el electricista y los trabajadores que iban a renovar la cocina.

Justo entonces, Brie alcanzó un girasol, lo puso en el carrito y dijo:

–Será mejor que no cambie el aspecto exterior de la casa… ¡Y encima quiere instalar un ascensor! Hasta sería capaz de tirar la lámpara de araña del vestíbulo. Pero como se atreva…

Brie no terminó la frase, pero Leo se preguntó qué castigos tendría pensados para él.

La imagen le pareció tan tentadora que se excitó.

Sin embargo, ya había oído suficiente. Quería que se fuera de allí de inmediato. Porque, si no se iba, era capaz de perder el aplomo y hacer algo de lo que se arrepentiría después.

Leo se apartó de la puerta y caminó hacia ella.

–¿Por qué diablos querría tirar la lámpara?

Brie se dio la vuelta y se quitó los cascos, sobre-saltada.

–¿Qué? Eres tú… Me has pegado un buen susto.

Leo la miró de arriba abajo, y Brie tragó saliva. Estaba tan sexy como la última vez, aunque su aspecto era notablemente menos formal. Llevaba unos vaqueros viejos y un jersey oscuro, de aspecto suave, que deseó tocar.

–Estaba diciendo que por qué diablos querría hacer eso.

–¿De qué estás hablando? –preguntó ella–. ¿Y qué haces aquí?

–Te recuerdo que esta casa es mía –respondió él, con una voz tan tranquila como inmensamente sensual–. En todo caso, soy yo quien debería hacer esa pregunta.

Brie pensó que estaba en lo cierto, y se apresuró a darle una explicación.

–He venido a recoger las plantas de Carol. ¿George no te lo había dicho? Tenía intención de venir a lo largo de la semana, pero he estado muy ocupada.

Él arqueó una ceja.

–Tú no eres la única persona con responsabilidades –replicó–. Pero puedes estar tranquila… No voy a tirar la lámpara de araña, no voy a instalar ningún ascensor y, desde luego, no voy a cambiar el aspecto exterior de East Wind.

–Ah…

–Me gusta el edificio tal como está, y aprecio mu-

18

cho su valor histórico –continuó él–. Voy a cambiar la instalación eléctrica, arreglar las cañerías y modernizar la cocina, pero sin comprometer la integridad de la estructura.

Brie soltó un suspiro de alivio.

–No sabes cuánto me alegro. He estado pensando toda la semana en ti… es decir, en la casa –puntualizó, nerviosa–. Me preocupaba que…

–Sí, ya lo sé. Te he oído.

–Oh, vaya. Estaba hablando en voz alta, ¿verdad?

Él guardó silencio y ella se estremeció.

–Bueno, será mejor que me marche y te deje en paz.

Brie subió el resto de los tiestos al carrito, pero dudó ante la aloe vera.

–¿Quieres que te ayude? Parece bastante pesada… –dijo él.

–Sí, gracias –contestó ella en un susurro.

Leo levantó el tiesto como si pesara tan poco como un cubo vacío, y Brie se quedó asombrada con el movimiento de sus músculos bajo el jersey.

–Supongo que querrás llevar las plantas a tu jardín…

Ella hizo un esfuerzo por apartar la vista de sus músculos y clavarla en sus ojos.

–Sí, pero no es necesario que te molestes. Puedo hacerlo sola.

–No es ninguna molestia. Además, no quiero que el tiesto se te caiga y se rompa.

Brie pensó que la posible rotura del tiesto no le preocupaba tanto como la posible rotura de su auto-

19

control. Necesitaba alejarse de él. Alejarse de su olor viril, que la incitaba a apretarse contra su pecho y respirar hondo.

No quería sentirse atraída por Leo Hamilton. Pero no lo podía evitar, así que sería mejor que llevaran las plantas a su casa y se lo quitara de encima inmediatamente.

–Está bien. Como quieras.

Salieron de la mansión y se dirigieron al vado de la casa de Brie, que era una réplica exacta de East Wind. Pero, al ver que Leo empujaba el carrito hacia la parte delantera, ella dijo:

–Conozco un camino más corto. Hay un agujero en la verja, que Carol y yo usábamos de atajo. Tenía intención de arreglarlo después de recoger las plantas.

Él no dijo nada, así que ella siguió hablando.

–Carol y yo nos llevábamos maravillosamente… Conviene llevarse bien con los vecinos, ¿no crees?

–Yo diría que eso depende del vecino que te toque. –Leo echó un vistazo al agujero de la verja–. Llamaré a alguien para que lo arregle.

Brie asintió. Si estaba tan dispuesto a hacerse cargo de las cosas, se lo permitiría. De momento.

–Gracias…

–Ah, eso me recuerda algo. Aún tienes mi llave.

Brie sacó la llave y se la dio con un movimiento rápido, pero suficiente para que notara la cicatriz que Leo tenía en la cara interior del brazo.

–Me alegro de que me la hayas pedido. Se la iba a dar al de la agencia inmobiliaria, pero así me ahorras un viaje –continuó, con una sonrisa–. Y, ya puestos, tal vez deberías cambiar el código de seguridad de la casa.

–Buena idea.

Leo la miró con un conato de sonrisa en los labios, un simple arqueamiento de las comisuras, como si se le hubiera escapado sin querer. Pero sus ojos brillaron con humor, y Breanna sintió un extraño vacío en el estómago.

Al cabo de un segundo, él apartó la mirada y empujó el carrito hacia West Wind.

–Por cierto, Breanna…

–Brie.

–Sí, claro, Brie –dijo él–. ¿A qué te dedicas?

–Soy esteticista. ¿Y tú?

–Asesor de gestión medioambiental.

Ella arqueó las cejas.

–¿Y qué es exactamente un asesor de gestión medioambiental?

–Un profesional independiente que asesora a empresas sobre políticas ecológicas.

–Pues debes de ganar una fortuna…

–¿Por qué lo dices?

–Porque sé lo que te ha costado la casa de East Wind.

Leo carraspeó.

–Bueno, cobro lo que tengo que cobrar. Y no parece que a mis clientes les moleste mucho, porque son ellos los que piden mis servicios.

–¿Y cómo lo consigues? ¿Con esa simpatía desbordante que me dedicaste la semana pasada? –ironizó.

–Lo siento, pero tenía prisa.

21

–Prisa por perderme de vista…

Él volvió a carraspear.

–Como ya he dicho, lo siento.

Brie se dio cuenta de que estaba muy incómodo, y le pareció tan encantador como el hecho de que ella pudiera incomodar a un hombre semejante.

–No es necesario que te disculpes. Tenías que ir al aeropuerto, ¿no?

–Sí.

–Y te estaría esperando alguien…

–No exactamente –declaró–. ¿Siempre eres tan…?

–¿Directa? Sí, siempre. Dijiste que habías comprado West Wind como inversión. ¿Vas a venir a menudo?

Se detuvieron ante el cobertizo del jardín de Brie y empezaron a descargar los tiestos.

–Sí, tendré que supervisar las obras. Además, he conseguido unos clientes nuevos que están aquí, en Tasmania, así que estaré en la isla casi todo el tiempo… ¿Dónde quieres que deje la aloe vera?

–Dentro, si es posible.

Él asintió y dejó la planta en el interior.

–¿Te apetece algo de beber? –preguntó entonces ella–. Tengo té frío en el frigorífico.

–No, gracias.

–¿Seguro? Es muy refrescante…

–Yo soy hombre de café. Y, por otra parte, me están esperando en el edificio de Arcade Apartments, por un piso que quiero alquilar.

Leo miró la hora y frunció el ceño.

–Maldita sea… Había quedado hace media hora.

¿Me disculpas un momento? Tengo que enviarles un mensaje para decirles que iré después.

—Por supuesto.

Leo envió el mensaje y se giró hacia ella, que preguntó:

—¿Dónde te alojas ahora?

—En un hostal. Está a un par de minutos de aquí.

—Sí, lo conozco… Es el Hannah Hideaway —afirmó—. Pero, ¿vas a alquilar un piso en los Arcade Apartments? Son extremadamente caros.

—No tengo más remedio. Necesito un sitio que esté cerca de East Wind.

A Brie, que siempre estaba buscando financiación extra para el negocio de su hermano y su mujer, se le ocurrió una idea.

—¿Cuánto tiempo te vas a quedar?

—Unas cuantas semanas.

—¿Te gustaría quedarte en West Wind?

Él la miró con intensidad.

—Si me estás ofreciendo una habitación, te lo agradezco. Pero no me interesa.

—No te estoy ofreciendo una habitación.

—¿Entonces?

—Te estoy ofreciendo la casa entera. Mi hermano y su mujer se han ido de luna de miel y me han dejado las llaves de Pink Snowflake, su centro de recuperación para pacientes con cáncer. Yo me quedaría allí y tú tendrías la mansión para ti solo… Además, el dinero de tu alquiler iría a la fundación del centro y no a los bolsillos de los ejecutivos de Arcade Apartments.

—¿Un centro de recuperación? —se interesó él.

–Sí. Jett y Olivia estaban a punto de abrirlo, pero retrasaron la inauguración por su boda –le explicó–. Me pidieron que le echara un vistazo y que, a ser posible, me quedara unas cuantas noches… Tiene jacuzzi, piscina, solario, gimnasio y una cava llena de vinos. Como ya comprenderás, no me podía negar…

–No, claro que no –ironizó Leo, mientras admiraba West Wind–. ¿La mansión es tuya? ¿Vives sola?

Ella asintió.

–La heredé de mis padres cuando murieron. Y sí, vivo sola.

–¿Y me estás diciendo que tendré todo el sitio para mí? –preguntó, retomando la conversación original–. ¿Sin interrupciones inesperadas?

–Será todo tuyo –contestó–. Me pasaré de vez en cuando, pero te aseguro que llamaré antes de entrar.

Brie pensó que no había sido sincera. Era cierto que estaba dispuesta a portarse bien, pero también lo era que ardía en deseos de que Leo la invitara a entrar sin llamar. Y él debió de adivinar lo que estaba pensando, porque clavó la vista en su boca.

–¿Cuándo lo necesitas? –preguntó ella.

Él tragó saliva y apartó la mirada.

–El fin de semana que viene.

Brie se estremeció. Leo había recuperado su aplomo habitual, pero no antes de que sus ojos lo traicionaran con un destello de deseo.

–En ese caso, trato hecho. La Fundación Pink Snowflake te lo agradece mucho.

–Si es por una buena causa… supongo que merece la pena que hagamos un esfuerzo.

–¿Hagamos? ¿Te refieres a ti y a mí, como si fuéramos socios en un negocio?

–Me refiero a ti y a mí como personas –respondió él con la voz ronca que tanto le gustaba–. Sin embargo, me gustaría que me enseñaras la casa antes de aceptar. Si no es una molestia, claro...

–Por supuesto que no.

Brie lo llevó al interior del edificio.

–Como ves, tiene la misma distribución que East Wind –dijo al cabo de unos momentos–. El salón está al otro lado y la cocina, al fondo... Pero, ¿seguro que no quieres nada de beber?

–Seguro. Además, me tengo que ir pronto. He quedado con Chris.

–Ah, sí, tu arquitecta... –Brie arqueó una ceja al recordar a la rubia de los grandes senos–. ¿No habías dicho que no ibas a hacer obras importantes?

–Y no las voy a hacer, pero...

Leo dejó la frase sin terminar. Habían llegado a la cocina, cuyo interior era un caos indescriptible. Todas las superficies estaban llenas de lo que, en principio, parecían salsas de distintos colores.

–Disculpa el desorden. He estado haciendo experimentos con nuevas cremas faciales.

Él pensó que eso podía explicar algunos de los potingues, como un cuenco con una masa de color rosa que olía a fresas y menta. Pero no explicaba en modo alguno los cuarenta o cincuenta vasos de plástico y de cristal que estaban junto a una caja de farolillos.

–Será mejor que vuelva luego –acertó a decir–. Se me está haciendo tarde.

–En ese caso, ¿por qué no vienes esta noche? Voy a dar una fiesta –explicó Brie–. Es a las diez.

–No puedo. Tengo trabajo que hacer.

Leo había dicho la verdad. Iba a comprar una botella de vino y a tomarse un par de copas mientras trabajaba. Pero tenía otra razón para declinar su ofrecimiento: no quería pasar la noche con una Breanna Black en modo fiesta.

–Todos tenemos trabajo que hacer, Leo. Pero, ¿en sábado por la noche? –preguntó–. Me parece un plan bastante triste.

Leo hizo caso omiso del comentario. Había llegado a lo más alto a base de esfuerzo y dedicación, y se enorgullecía de su carrera profesional. Era la única faceta de su vida que controlaba.

Sacó una tarjeta del bolsillo, la puso en una mesita y declaró:

–Si te parece bien, volveré mañana por la tarde. Aquí te dejo mi número de teléfono.

Ella sonrió, y su sonrisa le pareció tan tentadora que Leo casi se arrepintió de haber rechazado la invitación a la fiesta.

–¿Me puedes dar el tuyo? –continuó él.

Brie dio un paso adelante, y Leo retrocedió. Estaban demasiado cerca. Y le gustaba demasiado.

–No hace falta que me des ninguna tarjeta. Tengo muy buena memoria… Si me dices el número, lo recordaré.

–Como quieras.

Brie le dio el número y, a continuación, lo acompañó a la salida.

Leo salió de West Wind y no se detuvo hasta que entró en el todoterreno que había alquilado unas horas antes. Entonces, apoyó la cabeza en el respaldo de cuero, cerró los ojos durante unos segundos y soltó un suspiro de frustración.

Una vez más, había huido de Brie. Y, una vez más, había sido completamente inútil, porque la deseaba tanto como si siguiera junto a él.

Por lo visto, iba a ser una noche larga y difícil.

Capítulo Tres

Brie siempre había sido una buena anfitriona, pero esta vez iba con retraso. El rescate de las plantas había durado más de lo previsto, y todo por culpa de un hombre increíblemente sexy que monopolizaba sus pensamientos. Pero tampoco le extrañaba. ¿Cómo no iba a estar interesada en él? Leo Hamilton le sacaba varios centímetros de altura, y eso era poco habitual.

Mientras colocaba los farolillos en el jardín para encenderlos más tarde se puso a pensar en la oferta que le había hecho. No esperaba que Leo utilizara toda la casa, pero sería mejor que la arreglara un poco. Además, había un problema que no se le había ocurrido hasta entonces: en West Wind solo había una habitación con una cama donde cupiera un hombre tan alto: la suya. Y el simple hecho de imaginarlo entre sus sábanas bastó para que se estremeciera.

Dos horas antes de que empezaran a llegar los invitados, subió al coche y se dirigió al supermercado, donde compró las botellas de alcohol que necesitaba. Ya las había metido en el maletero cuando se acordó de que quería comprar champán para llevárselo a Pink Snowflake y tomarse un par de copas en el jacuzzi.

Volvió al interior del local y, de repente, en el pasillo de los vinos tintos, encontró al objeto de sus fantasías sexuales. Leo estaba mirando una botella de aspecto caro, ajeno a la presencia de Brie. Ella se lo comió con los ojos y se preguntó qué impedía que se acostara con él. Eran de mundos diferentes y, con toda seguridad, tendrían gustos muy diferentes. Pero eso nunca le había parecido un problema. Incluso podía ser más divertido.

Además, su situación lo convertía en un objetivo particularmente deseable. En cuanto terminara las obras de East Wind, se marcharía de la ciudad y volvería a sus negocios. Con él no había peligro de que las cosas se complicaran. Era sexy e inteligente, una diversión pasajera, que se atuviera al lema que regía sus relaciones desde su ruptura con Elliot: sin amor, no hay dolor.

Y, hasta entonces, ningún hombre se había resistido a sus encantos.

A Leo se le erizó el vello de la nuca. Ni siquiera tuvo que girar la cabeza para saber que Breanna lo estaba mirando. La había visto unos minutos antes saliendo del establecimiento con una caja de botellas de vino, pero había regresado por alguna razón, y ahora caminaba hacia él con una sonrisa pícara en los labios y una botella de champán en la mano derecha.

Alcanzó una botella de tinto y la observó con interés. Se había soltado el pelo, y estaba muy guapa. Brie se detuvo, echó un vistazo a las cosas que había comprado y preguntó:

–¿Vas a celebrar una fiesta individual?

–Tengo que trabajar toda la noche, así que será mejor que lo disfrute.

Ella se echó el cabello hacia atrás.

–¿Y qué tienes que hacer que no puede esperar hasta mañana? –preguntó ella–. Tengo unas tostadas que irían bien con ese queso *brie* que llevas en el carrito.

–No lo dudo, Brie –dijo él, enfatizando la coincidencia entre su nombre y el del queso–. Pero te veré mañana por la tarde, como habíamos quedado.

–Muy bien. Jugaremos con tus normas –replicó ella, sin apartar la vista de sus ojos.

Leo mantuvo el contacto visual durante unos segundos y, a continuación, se dirigió a la caja registradora más cercana. No estaba dispuesto a dejarse seducir por Breanna Black. No tenía nada contra la seducción, pero prefería ser él quien llevara las riendas.

–¿Qué te pasa, Leo? ¿Es que tienes miedo de divertirte un poco? ¿O es que tienes miedo de mí?

–Es que no me gustan las fiestas. Hay demasiada gente –contestó–. Ahora bien, si me ofrecieras una fiesta para dos…

Leo sonrió para sus adentros y sacó la tarjeta para pagar. Si Brie quería jugar, jugarían.

Brie se detuvo a su lado, miró la botella de champán y se dijo en voz baja:

–Creo que voy a necesitar dos o tres más.

–Desde luego que sí. Hay que estar preparados para lo que sea.

Brie soltó una carcajada.

–No eres como esperaba, Leo…

–¿Debo interpretar eso como un cumplido?

–Ya te contestaré a esa pregunta en otro momento.

Ella volvió a sonreír y él se preguntó a qué sabrían sus labios. Pero no iba a permitir que sus hormonas lo dominaran, así que alcanzó la bolsa de la compra y se despidió.

–Hasta mañana, Brie. Que disfrutes de tu fiesta.

Al llegar al coche, sacudió la cabeza y se quedó inmóvil unos momentos antes de arrancar. Por increíble que fuera, había rechazado una invitación para pasar la noche con una mujer impresionante que se sentía atraída por él. Una mujer que debía de ser de la misma edad que su hermana y que, por lo que sabía de ella, tenía un temperamento igualmente apasionado.

De hecho, estaba seguro de que Brie y Sunny se llevarían bien. Y también lo estaba de que Brie y él congeniarían, aunque en un terreno diferente: la cama.

Sin embargo, el carácter de su nueva vecina le hacía desconfiar. Breanna Black tenía una inclinación al drama que podía convertir una relación sexual pasajera en una tormenta de consecuencias imprevisibles. Y Leo detestaba el drama. Lo había sufrido con demasiada frecuencia en su niñez, por culpa de un padre que maltrataba a su esposa y de una madre que soportaba sus palizas sin rebelarse y que lloraba durante horas cuando él ya se había ido.

Y luego, cuando parecía que nada podía ser peor, llegó el incendio que lo dejó sin padres y condenó a Sunny a una rehabilitación tan larga como dolorosa.

No, definitivamente no necesitaba más dramas en su vida.

Tenía planes para aquella noche. En primer lugar, cenaría en algún restaurante de la costa, con vistas a la caleta de Sullivan y, en segundo, trabajaría unas cuantas horas en su habitación mientras disfrutaba de uno de sus vinos favoritos.

Eso es lo que quería hacer. Y nada ni nadie se lo iba a impedir.

A las diez y media de la noche, Leo desconectó el ordenador portátil y estiró sus entumecidos músculos. Al final, había optado por no abrir la botella de vino, y se alegraba de haber tomado esa decisión. Gracias a ello, tenía la cabeza completamente despejada y había podido leer primero y comentar después el informe de sus nuevos clientes, los dueños de un hotel de seis estrellas que se acababa de abrir en la costa Este de Tasmania, el Heaven.

Sin embargo, no había dejado la botella sin abrir porque quisiera trabajar mejor y terminar antes de tiempo, sino por un motivo que no tenía nada que ver con el trabajo: porque había cambiado de opinión sobre la fiesta y no se quería presentar con las manos vacías.

Al fin y al cabo, la fiesta de aquella noche era una oportunidad perfecta para comprobar que su última adquisición era adecuada a las necesidades de Sunny. Y, por otra parte, no se podía decir que Brie no lo hubiera invitado. Así que alcanzó la botella, se subió al coche y condujo hasta West Wind.

Como ya imaginaba, la música estaba bastante alta. Pero no tanto como para poder molestar a los vecinos, lo cual le alegró. Por lo visto, Breanna Black era una vecina respetuosa; aunque no tuviera los mismos gustos musicales que él.

Caminó hasta el edificio y entró por la puerta principal, que estaba abierta. Había gente por todas partes; algunos estaban bailando y otros se servían comida en el bufé, pero no pudo localizar a Brie. ¿Dónde se habría metido?

De repente, una atractiva pelirroja salió de entre la multitud y dijo:

–Hola…

Era obvio que estaba interesada en él, y Leo se quedó sorprendido con su propia reacción. O, más bien, con su falta de reacción, porque no le interesó en absoluto.

–Hola –replicó.

–Me llamo Samantha. ¿Nos conocemos?

–No, creo que no… pero yo me llamo Leo. ¿Dónde puedo conseguir un par de esas? –dijo, mirando la copa de vino de la pelirroja.

–¿Un par de bebidas? Si me acompañas, te…

–No, un par de copas. –Leo le enseñó la botella de vino que llevaba–. ¿Sabes dónde está Brie?

La sonrisa de la pelirroja desapareció al instante.

–La acabo de ver hace unos momentos. Estaba hablando con Bronwyn –contestó–. En cuanto a las copas, supongo que habrá en la cocina.

–Gracias.

Leo entró en la cocina, localizó un par de copas de

vino y se puso a buscar a Brie. Pero no parecía estar en la fiesta, de modo que se dirigió a la zona de las habitaciones. Todas estaban cerradas y a oscuras. Todas, menos el dormitorio principal.

Llamó a la puerta, que estaba entreabierta, y preguntó:

—¿Breanna?

Brie no respondió, pero Leo oyó pasos apresurados y decidió insistir.

—¿Breanna? ¿Puedo entrar? ¿O te estás cambiando de ropa?

Justo entonces se le ocurrió la posibilidad de que no estuviera sola. Y se sintió como si le hubieran pegado un puñetazo en le estómago.

Furioso, empujó la puerta y entró sin esperar más.

Brie se levantó a toda prisa. ¿Cómo era posible que Leo estuviera en su habitación? Desde luego, era la última persona del mundo a la que esperaba ver en esas circunstancias. Estaba buscando un DVD que le había prestado Bron y, como no lo encontraba en ningún sitio, se había puesto a cuatro patas para mirar debajo de la cama, por si se había caído. Pero ni siquiera lo podía acusar de haber entrado sin invitación, porque la puerta estaba abierta y, además, había llamado dos veces.

—Ah, estás aquí…

Brie lo miró a los ojos e hizo algo completamente inesperado, incluso para ella: se acercó y le dio un beso en los labios.

Él se quedó atónito.

–¿A qué ha venido eso?

Ella se encogió de hombros y sonrió.

–No sé… Ha sido impulsivo. Supongo que lo he hecho por curiosidad.

Brie se giró hacia el espejo de la habitación, alcanzó el cepillo y se empezó a peinar con una actitud tan aparentemente despreocupada como falsa. Leo Hamilton le gustaba tanto que se sentía como una adolescente en su primera cita. Y ardía en deseos de hacer mucho más que darle un beso.

–Veo que has cambiado de idea –continuó.

–Sí, es que he terminado antes de lo que esperaba.

–¿Y qué hay de tu fiesta unipersonal? ¿No te ha parecido satisfactoria?

–La fiesta no ha empezado todavía –dijo en voz baja–. Por cierto, qué preciosidad…

Ella supuso que se refería a su vestido, aunque la mirada de Leo estaba clavada más abajo, en la parte de sus muslos que la tela no cubría.

–Gracias…

Brie dejó el cepillo en el tocador, se volvió hacia él y respiró hondo, intentando mantener la calma. Ni siquiera sabía por qué estaba tan nerviosa. Solo sabía que aquel hombre la excitaba con su simple y pura presencia.

–Pero, ¿qué haces aquí? ¿Crees que voy a abandonar mis deberes como anfitriona para darme un revolcón contigo?

Él arqueó una ceja.

–No lo sé. ¿Los vas a abandonar?

35

Brie tuvo la sospecha de que eso era exactamente lo que iba a ocurrir. Pero tampoco se lo iba a poner demasiado fácil.

–Tienes muy buena opinión de ti mismo, ¿no?

Leo asintió.

–Me siento cómodo con mi forma de ser. ¿Y tú?

–Bueno… En este momento, estoy bastante tranquila –mintió.

Él cerró la puerta, descorchó la botella de vino y sirvió dos copas.

–¿Te gusta el *shiraz*?

–Sí, pero tengo que ir a…

–A mí me encanta –la interrumpió con su voz ronca–. No esperaba encontrar semejante delicia por aquí.

–No, ni yo…

Brie se dijo que sus deberes como anfitriona podían esperar unos minutos. O toda una vida.

Después, se apoyó en el tocador y esperó a lo inevitable. Leo se acercó con las dos copas en una mano y, acto seguido, le puso la otra en la nuca. Ella pensó que sus ojos parecían de peltre salpicado de cobalto. Pensó que olía a jabón y a lluvia recién caída. Y tuvo tanto miedo de no poder controlarse que se aferró al mueble para no tocarlo.

–Admito que siento un poco de curiosidad… –dijo Leo en un susurro.

Él inclinó la cabeza y la besó.

La besó con dulzura, probando, jugando, saboreando, demostrando que un beso podía ser tan devastador como para hacer olvidar a cualquiera su propia identidad.

Brie no estaba acostumbrada a que la besaran de un modo tan lento y paciente. Aquello era nuevo para ella. Y absolutamente fascinante. Una experiencia única, que estuvo a punto de arrancarle un suspiro de decepción cuando él rompió el contacto, le acarició la mejilla y dio un paso atrás.

–Breanna…

Ella lo miró con asombro.

–Vaya… –acertó a decir–. ¿Eso es un poco de curiosidad? A mí me ha parecido mucha…

Él le apartó un mechón de la cara.

–Me gusta tomarme mi tiempo con estas cosas.

Brie se sentía como si estuviera flotando, pero hizo un esfuerzo por volver en sí.

–Sí, ya me he dado cuenta… Aunque será mejor que bajemos. Hay cincuenta personas que se estarán preguntando dónde estoy.

–Yo no me preocuparía mucho por tus invitados. Me han parecido perfectamente capaces de cuidar de sí mismos… Toma, prueba el vino.

Brie aceptó la copa y lo probó.

–Mmm…

–De todas formas, dudo que te echen de menos.

–Pero alguien podría subir y descubrirnos en la habitación…

–¿Y eso te incomoda?

Ella sonrió.

–Eres todo un provocador, Leo…

Él le devolvió la sonrisa.

–Puede que sí. Pero aún no me has dicho si te ha gustado…

–¿A qué te refieres? ¿Al vino? ¿O al beso?

–Al vino, naturalmente. Sobre el beso no hay ninguna duda. Nos ha gustado a los dos.

Brie no se lo pudo discutir, así que dijo:

–Está muy bueno. Suave y con mucho cuerpo…

Después, le lanzó una mirada intensa y bebió un poco más. Pero no había comido nada en varias horas y, como tenía miedo de que se le subiera a la cabeza, dejó la copa en el tocador. Ya estaba bastante embriagada con Leo Hamilton.

–Te propongo una cosa. Bajaré a la fiesta, comprobaré que todo va bien y traeré algo de comida.

–Trato hecho –dijo él–. Pero no tardes.

Brie se pasó la lengua por los labios.

–No tardaré.

Cuando Brie se dio la vuelta para salir de la habitación, Leo admiró la curva de sus caderas, embutidas en un vestido de color naranja, y la imaginó completamente desnuda.

Estaba tan excitado que se sentó con la esperanza de tranquilizarse un poco, aunque sabía que no era posible. No, después de haber probado la tentación. No, después de haber probado sus labios. Y de haber descubierto que aquella mujer besaba de verdad.

Echó un largo y lento trago de vino e intentó olvidar la incomodidad de su erección. Luego, miró el dormitorio y pensó que Breanna Black era aún más complicada de lo que había imaginado. Había libros, cajas y ropa por todas partes, pero el lugar tenía un aire sorprendentemente femenino y vagamente romántico. Empezando por el estampado floral del edredón de la cama.

Leo se pasó una mano por el pelo. No quería tener una relación con ella. No se parecía nada a las mujeres con las que salía; mujeres dulces, cariñosas y ordenadas que se sentían atraídas por los hombres dominantes y estaban más que dispuestas a dejar todo el control en sus manos. Pero, si no quería tener una relación con ella, ¿por qué la buscaba?

Solo había respuesta posible: porque la deseaba con locura.

Se levantó, caminó hasta la puerta y se asomó al pasillo para ver si ya había llegado. Quería verla desnuda. Quería descubrir las cosas que le gustaban. Quería llevarla al orgasmo y mirar sus ojos encendidos de pasión cuando ya no pudiera más.

¿Dónde se habría metido?

Leo miró la hora y sacudió la cabeza con rabia. Breanna lo había tentado para arrastrarlo a su habitación y tenerlo donde lo quería, sometido a sus deseos, esperando como un tonto a que ella se dignara a volver. Si es que tenía intención de volver.

Pero no iba a esperar más.

Brie tuvo que refrescarse la cara en la pila de la cocina para recordar que era la anfitriona de la fiesta y que tenía que ejercer de tal con todos los invitados. No solo con el hombre que estaba esperando en la habitación.

–Hola, Brie… –dijo Samantha, que acababa de entrar–. Un tipo te estaba buscando. Uno que está para chuparse los dedos…

–Me estaba buscando y me encontró. Pero gracias por decírmelo. –Brie alcanzó los canapés de salmón y se los dio–. ¿Podrías llevar este plato al bufé? Yo iré enseguida.

Samantha le guiñó un ojo y dijo con picardía:

–Tómate todo el tiempo que quieras.

Segundos más tarde, cuando ya se dirigía al dormitorio para decirle a Leo que tenía muchas cosas que hacer y que sería mejor que retrasaran su cita, se encontró con su amiga Megan. Y estaba tan pálida que se preocupó.

–¿Qué te ocurre?

–Nada. Que tengo una jaqueca terrible.

–Oh, vaya… –Brie la acompañó al salón y la sentó en el sofá–. Te recomendaría que te echaras en una de las habitaciones y durmieras un rato, pero aquí hay tanto ruido que…

Megan cerró los ojos un momento.

–Olvídalo. Creo que me voy a casa –dijo–. ¿Puedes buscar a Denis?

–Claro.

Brie tardó unos minutos en localizar al novio de Megan, que estaba fumando en el jardín, y unos minutos más en acompañarlos al coche y despedirse de ellos. Se acababan de marchar cuando Leo salió de la casa.

–¿Qué haces aquí? Estaba a punto de…

–Nos veremos mañana –la interrumpió–. Para hablar de tu oferta.

Ella se quedó atónita. Pero sabía que lo había hecho esperar demasiado, así que intentó disculparse.

–Siento que…

–No te preocupes –la volvió a interrumpir–. Supongo que tu fiesta terminará a altas horas de la madrugada, así que vendré tarde. Que te diviertas.

Brie apretó los puños. Leo se iba a ir sin darle la oportunidad de explicarse. Una vez más, la iba a dejar plantada. Como en East Wind.

–Veo que lo tuyo es una mala costumbre… –declaró.

–¿De qué estás hablando?

–De nada. Te lo explicaría con mucho gusto, pero sería una pérdida de tiempo. ¿Y sabes una cosa? Claro que me voy a divertir. Y a lo grande –añadió con gesto de desafío–. La gente no me llama juerguista por casualidad.

Brie entró en la casa, se descalzó y se pasó las manos por los laterales del vestido, a sabiendas de que excitaría a Leo. Luego, clavó la vista en sus ojos y, sin dejar de mirarlo, se inclinó a recoger los zapatos y dijo en voz alta, dirigiéndose a sus invitados:

–¡Hora de divertirse, amigos!

Capítulo Cuatro

A las cinco de la madrugada, cuando ya se había ido el último de los invitados, Brie arrastró sus cansados pies hasta la habitación. Después, entró en el cuarto de baño e hizo una mueca de disgusto al verse en el espejo. Estaba muy pálida, y tenía ojeras.

–Creo que has tomado demasiadas copas... –se dijo.

Tras quitarse el maquillaje, se puso una crema hidratante y se metió en la cama con intención de dormir un par de horas. Pero se quedó mirando el techo, completamente desvelada. Su mente se negaba a descansar. Y todo, por Leo Hamilton.

Brie intentó convencerse de que Leo era un hombre como cualquier otro, con los mismos deseos y debilidades. Además, estaba acostumbrada a los hombres. Gozaba de su atención desde la adolescencia, cuando le empezaron a crecer los senos, y no tenía ninguna queja al respecto. Disfrutaba de su compañía, le gustaba que la intentaran seducir y, sobre todo, adoraba lo que sentía al final de la noche, cuando se acostaba con alguno.

Desde luego, era consciente de que la sociedad no veía con buenos ojos a las mujeres como ella. Toleraban e incluso apoyaban que un hombre se acostara con muchas personas; pero, si lo hacía una mujer, le dedicaban calificativos que no eran precisamente halagadores. Sin embargo, Brie no permitía que la opinión de los demás dictara su existencia.

–Hombres… –susurró.

Para Brie, los hombres eran un divertimento y una necesidad que, al igual que las fiestas y las experiencias nuevas, estaban para disfrutar un rato. Pero era muy cuidadosa con sus amantes. Siempre elegía a personas que buscaban lo mismo y que compartían el mismo código moral. Gente como ella, que solo quería relaciones pasajeras. Y ni engañaba a nadie ni mentía a nadie.

Las relaciones pasajeras eran lo suyo. Lo habían sido durante ocho años, desde que rompió con un rico y joven ejecutivo llamado Elliot que le había partido el corazón. Estaba tan cegada con él que no se dio cuenta de que era un canalla hasta que empezó a darle plantones y a inventar excusas completamente increíbles. Se había engañado a sí misma. Y, cuando abrió los ojos, vio que su príncipe azul no era más que un mentiroso sin el menor sentido de la lealtad.

Pero ya no se dejaba cegar por nadie. O, por lo menos, no se había cegado con nadie hasta la aparición de Leo.

¿Qué tenía Leo Hamilton que no tuvieran los demás? A diferencia de los hombres con los que se acostaba, su recuerdo no desaparecía cuando salía de la habitación. Se quedaba allí, flotando en el ambiente, tentándola, seduciéndola.

Se sentía profunda e incontrolablemente atraída

por un tipo tan sexy como grosero, que parecía especializado en desplantes. Y empezaba a estar harta de su actitud.

Sin embargo, Brie sonrió al recordar la mirada que le había dedicado cuando se pasó las manos por el vestido y se inclinó. Una mirada de lujuria y de frustración. La mirada de un hombre que la deseaba y que no sabía qué hacer con ella.

Leo Hamilton podía ser muy irritante, pero era obvio que lo tenía a su merced. Tan obvio, que se quedó dormida con la sonrisa en los labios.

Brie preparó té, lo dejó reposando y salió de la casa con una caja llena de latas y botellas para tirarlas en los contenedores de reciclaje. Eran las nueve de la mañana del domingo; una hora temprana, teniendo en cuenta que se había dormido poco antes de las seis. Pero prefería estar despierta a estar soñando con un hombre con el que no quería soñar.

Acababa de tirar el contenido de la caja cuando oyó una voz tan ronca como conocida.

–Buenos días…

Brie se giró y vio que estaba en el jardín de East Wind, a pocos metros de distancia. ¿Cómo era posible que tuviera un aspecto tan descansado? ¿Cómo se atrevía a estar tan atractivo? Al parecer, había dormido más y mejor que ella.

–¿Qué haces aquí? Dijiste que vendrías más tarde –le recordó.

–Lo sé. Pero he venido a echar un vistazo a la casa

y te he visto salir… Si quieres, podríamos hablar ahora y quitarnos el asunto de encima.

–Preferiría que lo dejemos para después.

Él asintió.

–¿Te parece bien a la una? Podemos ir a una cafetería y tomarnos un café. No tardaremos mucho –afirmó–. Lo solventaremos enseguida.

–En primer lugar, yo no tomo café y, en segundo, ¿qué tenemos que solventar?

Leo se quedó sorprendido.

–Los detalles de mi estancia en tu casa –contestó–. Me ofreciste que me quedara en West Wind. ¿O es que ya no te acuerdas?

–Ah, se trata de eso…

–¿De qué si no?

–No sé. He pensado que quizás querías pedirme disculpas por haberte ido de la fiesta de un modo tan intempestivo. Ni siquiera me diste la oportunidad de explicar que me retrasé porque una de mis invitadas se había puesto enferma.

Leo frunció el ceño.

–¿Enferma? ¿Por qué no me lo dijiste?

–¿Es que quieres que te lo repita? No te lo dije porque no me dejaste.

–Ah…

–Y, como puedes imaginar, eso era más urgente que subir contigo a la habitación.

Él la miró con incomodidad.

–¿Se encuentra bien? Me refiero a tu invitada…

–Sí. Solo era una jaqueca. Las tiene muy a menudo.

–Lo siento, Brie. Como no aparecías, supuse que…

–Pues no supongas tanto.

Súbitamente, él se giró hacia la casa y dijo:

–¿A qué huele? Parece que algo se está quemando.

Ella tardó unos segundos en recordar que había dejado la sartén al fuego para prepararse algo de comer.

–Oh, Dios mío…

Llegaron a la cocina a la vez. El aceite de la sartén se había incendiado, y una densa columna de humo acariciaba el techo.

Brie se quedó completamente helada.

Al ver el humo, Leo se sintió como si hubiera retrocedido doce años. Solo duró un momento, pero revivió hasta el último detalle mientras apagaba el gas y cubría la sartén.

Se vio a sí mismo arrastrando a Sunny lejos de las llamas. Oyó las sirenas de la policía. Oyó las sirenas de las bomberos. Oyó los gritos de su madre, y hasta notó las manos que lo retuvieron cuando intentó volver al interior para rescatarla.

Pero, al mirar a Brie, que contemplaba la escena con horror, volvió al presente.

–¿Estás bien?

–Sí… bueno, lo estaré enseguida.

Leo se preguntó cómo era posible que hubiera dejado una sartén la fuego y hubiera salido sin más. Y le pareció tan insensato que estalló.

–¿Dónde está tu maldito detector de humos? ¿Por qué diablos no se ha activado?

–Porque no hay.

Él sacudió la cabeza.

–¿Y tampoco tienes alarma de incendios?

–Me temo que no. Quería instalar una, pero…

–Querías instalar una –repitió él, incapaz de creer que fuera tan imprudente–. ¿Y extintor? ¿Tienes algún extintor?

–No, yo…

–¿Es que no valoras tu propia vida? –bramó–. ¿No te preocupa tu seguridad?

–Oh, vamos… Solo ha sido un incidente sin importancia. Estás exagerando un poco, ¿no te parece? –se defendió.

–¿Exagerando? No sabes lo que dices. ¿Has visto alguna vez lo que puede hacer el fuego con un cuerpo humano?

–Leo…

–No, es obvio que no. –Leo caminó hacia ella y la agarró por los brazos–. Debería sacudirte hasta hacerte entrar en razón.

–Está bien… ya lo he entendido. Y ahora, ¿me podrías soltar?

Leo se quedó perplejo. No se había dado cuenta de que la estaba agarrando. Y la soltó de un modo tan rápido y brusco que ella estuvo a punto de caerse hacia atrás.

–Discúlpame, Leo. Sé que he sido muy irresponsable, pero…

Leo suspiró, molesto. Había perdido el control delante de Brie, y detestaba perder el control. Desde su punto de vista, era un síntoma de debilidad.

–No, soy yo quien se debería disculpar. ¿Seguro que estás bien?

–Sí, seguro.

Su voz sonó tan trémula que él se sintió culpable.

–Mira, Brie…

–No hace falta que me lo repitas. Te prometo que instalaré una alarma de inmediato.

Leo no supo si Brie iba a cumplir su palabra, pero necesitaba marcharse de allí. El recuerdo del incendio le había afectado tanto que necesitaba estar solo.

–En fin, será mejor que me vaya. Ha surgido un problema y tengo que volver a Melbourne. Si te parece bien, nos veremos el sábado que viene. Pero dame tu dirección de correo electrónico… para que te pueda escribir y arreglar lo de mi estancia en tu casa.

–Como quieras… –Ella le dio su dirección y él la apuntó en el móvil–. Entonces, ¿no me vas a invitar a tomar ese café?

–Tú no tomas café, ¿recuerdas?

Leo se guardó el móvil en el bolsillo.

–Normalmente, no… Pero soy una mujer flexible –dijo–. Tratándose de ti, estaría dispuesta a hacer una excepción.

–Quizá en otro momento.

Leo salió de la casa con rapidez, como si le persiguieran todos los fantasmas de su pasado. Y sintió un alivio inmenso cuando vio que Brie no lo había seguido al exterior.

Brie estaba tan nerviosa que se tuvo que sentar en un taburete. Había hecho un esfuerzo por disimular su nerviosismo delante de Leo; pero, al marcharse él, sintió el pánico que no había sentido minutos antes al ver el humo.

Alcanzó el té con manos temblorosas, se sirvió una taza y se la llevó a los labios a duras penas. Por suerte, Leo había reaccionado con rapidez. Había apagado el fuego y había solucionado el problema en un momento. Pero, ¿por qué se había enfadado tanto con ella?

De repente, se acordó de la cicatriz que tenía en el brazo y lo comprendió: no era la primera vez que Leo se enfrentaba a un incendio. Le había pasado algo. Algo grave. Algo que, en todo caso, no le había querido contar.

Cuarenta y cinco minutos más tarde, mientras limpiaba la ennegrecida cocina, oyó pasos en el porche. Era el propio Leo, que la llamó en voz alta, abrió la puerta y entró sin esperar invitación. Brie se limpió las manos con un paño y dijo:

–¿Has olvidado alguna cosa?

–No. Pero tú, sí.

Leo alzó el extintor que llevaba en la mano y, por algún motivo, ella se sintió en la necesidad de bromear.

–¿Para qué es eso? ¿Para apagar las chispas que saltan entre nosotros? Admito que te encuentro muy atractivo, pero…

–No te pases de lista, Breanna. No estoy de humor.

Ella asintió y apretó los labios brevemente.

–Lo siento… Solo intentaba reducir la tensión, pero es obvio que no lo he conseguido.

Él se limitó a dejar el extintor sobre la mesa.

–Gracias, Leo. No sé qué habría hecho sin ti… Ahora te debo una.

–Olvídalo. No tiene importancia.

–Claro que la tiene…

–En ese caso, invítame a una copa uno de estos días.

Si hubiera sido por Breanna, le habría ofrecido esa copa en ese mismo instante. Sin embargo, Leo dio media vuelta y, unos segundos después, salió de West Wind y se dirigió al aeropuerto, con intención de volver a Melbourne.

Brie intentó convencerse de que no se sentía decepcionada. Al fin y al cabo, nunca le habían gustado los hombres que vivían para su trabajo y que nunca tenían tiempo para divertirse. Sospechaba que, si se acostaba con él, terminarían como el perro y el gato.

Pero no estaba segura. Y habría dado cualquier cosa por saberlo.

Brie acababa de detener su vehículo en el vado de la casa cuando vio luz en una de las ventanas de East Wind. Extrañada, salió del coche con intención de acercarse a echar un vistazo. Era miércoles, y se suponía que Leo estaba en Melbourne. Pero cabía la posibilidad de que hubiera regresado antes de tiempo.

Súbitamente, apareció un desconocido y la llamó.

–¿Señorita Black?

–¿Sí?

–El señor Hamilton me ha pedido que viniera. –El hombre sacó una tarjeta del bolsillo y se la dio–. Soy

Trent Middleton. Vengo a instalar la alarma contra incendios.

Ella frunció el ceño.

–¿Alarma? Yo no he encargado ninguna alarma…

–No se preocupe. Ya está pagada –le informó–. Solo la tengo que instalar… El señor Hamilton dijo que esperara hasta que usted volviera a casa.

–¿Y cuánto tiempo lleva esperando? –preguntó, sorprendida.

Trent Middleton se encogió de hombros.

–Desde las cuatro de la tarde.

–Oh, Dios mío.

–Tampoco es para tanto –dijo con una sonrisa–. Me paga el tiempo de espera.

Ella asintió, sin salir de su asombro.

–En ese caso, será mejor que entre…

Brie no tenía más remedio que invitarlo a entrar, aunque le molestó que Leo hubiera encargado la alarma sin consultárselo antes y que la hubiera pagado de su bolsillo. Evidentemente, era de la clase de hombres que se sentían en la necesidad de controlarlo todo.

Pero, si hubiera dicho que no se sintió halagada, habría mentido. También era evidente que Leo se preocupaba por ella. Y pocos minutos después, cuando se acostó, alcanzó el teléfono móvil y marcó su número.

–¿Dígame?

–Hola, Leo. Soy Brie…

–Hola, Breanna. –Tras la voz de Leo se oía el sonido distante de un televisor–. Tenía la sospecha de que llamarías.

Ella se estremeció. El simple hecho de oír aquel tono ronco y aterciopelado bastaba para que se imaginara haciendo el amor con él.

–Es lógico que la tuvieras. Sabes que soy una mujer educada y que sé dar las gracias cuando corresponde –ironizó.

–No es necesario que me des las gracias. Pero si te empeñas, no hay de qué.

–De todas formas, también sabes que no acepto la caridad de los demás.

–Eso no es caridad –se defendió–. Las alarmas contra incendios son una obligación legal. Como propietaria de una casa, deberías ser consciente de que…

–Basta –lo interrumpió–. No voy a permitir que lo pagues tú. Envíame la factura y te haré una transferencia por el importe.

–Vaya… Veo que eres de las que se empeñan en llevar el ritmo cuando las sacas a bailar en una discoteca –bromeó.

–Te equivocas. Soy de las que se adueñan de la discoteca –replicó Brie–. Y, por lo visto, tú eres de los que quieren que las mujeres se tumben y se dejen hacer mientras tú llevas la voz cantante.

Brie apagó la luz de la mesita de noche.

–Menudo cambio de escenario… Hemos pasado de las discotecas a los dormitorios –dijo él–. ¿Quieres que probemos si tu teoría es correcta?

–No me importaría. Pero estábamos hablando de la alarma y de quién la va a pagar.

–Te propongo una cosa: ¿nos lo echamos a suertes? Yo lanzo una moneda y quien pierda, paga.

Ella rompió a reír.

–¿Y cómo voy a saber que me dices la verdad?

–Si quieres, puedo hacer una foto de la moneda.

–Venga ya…

–Está bien. Se me ha ocurrido otra juego. ¿Estás en casa?

–Sí, pero, ¿qué se te ha ocurrido?

Por el sonido de fondo, Brie supo que Leo había apagado el televisor. Y, por algún motivo, imaginó que se sentaba en un sillón junto a un fuego y que se servía una copa de brandy. Un sillón y una copa que habría estado encantada de compartir con él.

–Te haré tres preguntas sobre ti, y tu mentirás en una de ellas. El juego consiste en que yo tengo que adivinar la mentira. Y, cuando terminemos, harás lo mismo conmigo.

A Brie le pareció interesante.

–De acuerdo.

–En ese caso…

Justo entonces, se oyó una voz de mujer. Brie no pudo entender lo que dijo, pero creyó entender la situación: Leo se dedicaba a jugar con ella por teléfono mientras jugaba a juegos más interesantes con la mujer que estaba en su casa.

Y le sentó tan mal que estalló.

–En primer lugar, tengo veintiséis años. En segundo, he dado la vuelta al mundo en un biplano. Y, en tercero, no me interesas –bramó–. Pero te daré una pista… la tercera afirmación no es la mentira.

–Brie…

–Lo siento. Yo no juego con idiotas.

Brie cortó la comunicación y se maldijo a sí misma por haberse dejado engañar tan fácilmente. ¿Es que no había aprendido nada de su experiencia con Elliot?

Momentos después, el teléfono empezó a sonar. Brie vio que era Leo e hizo caso omiso. Pero Leo insistió, así que ella apagó el sonido del aparato, lo metió en el cajón de la mesita de noche y se dio la vuelta en la cama.

Estaba harta de que se burlaran de ella. Tan harta, que deseó que Leo Hamilton terminara en el fondo del océano Pacífico.

Capítulo Cinco

Brie no estaba menos enfadada cuando se levantó a la mañana siguiente. Leo era su nuevo vecino, así que no lo podía expulsar de su vida; pero podía mantener las distancias con él y, por supuesto, le iba a pagar la maldita alarma.

Sin embargo, fue incapaz de no contestar al teléfono cuando Leo la llamó a la hora de comer.

–Hola, Brie…

–¿Qué quieres? –dijo con brusquedad–. Solo te concedo diez segundos.

–Supongo que anoche te enfadaste porque…

–Te quedan cinco.

–Sunny es mi hermana.

Brie rio.

–¿Me tomas por tonta? ¿Me quieres hacer creer que estabas con tu hermana?

–Es la verdad. Compartimos casa.

Brie empezó a dudar.

–¿Compartes casa con ella? –preguntó–. ¿Por qué?

Leo dudó un momento antes de contestar.

–Es una casa muy grande. Vivimos en zonas distintas, y no entramos en la del otro sin invitación. Normalmente, solo nos vemos en la cocina, a la hora de comer.

–Será mejor que no estés mintiendo.

–¿Por qué iba a mentir?

–Oh, no me digas que no lo sabes… –replicó con sorna.

Brie no dio explicaciones. No le podía decir que desconfiaba de los hombres desde que Elliot la había engañado. Además, tampoco quería vivir en la desconfianza permanente. No todos los hombres eran como Elliot.

–Discúlpame, Brie, pero empiezo a pensar que te enfadaste conmigo porque estabas celosa…

–¿Celosa? ¿Yo?

–Sí, tú.

Brie cambió de conversación al instante.

–He recibido tu mensaje de correo electrónico, y estoy de acuerdo con tus términos.

–Ya lo sé. Me lo dijiste en tu mensaje de respuesta. No me digas que lo has olvidado…

Ella se maldijo para sus adentros. Efectivamente, lo había olvidado; así que dio la primera excusa que se le pasó por la cabeza.

–No, pero cabía la posibilidad de que no hubieras mirado el correo. Eres un hombre muy ocupado.

–Si no mirara el correo, no duraría mucho tiempo en mi negocio.

–Sí, bueno… –Brie echó un vistazo al reloj–. Yo también tengo un negocio, y me están esperando unos brasileños que quieren un tratamiento de aromaterapia y una depilación de espalda y pecho.

–Una depilación de espalda y pecho… –repitió él, sorprendido.

–Como lo oyes.

Él soltó una carcajada.

–Esta bien. En ese caso, no te molesto más. Que te diviertas con tus brasileños peludos…

Leo cortó la comunicación. Brie sonrió y se fue a preparar la cera.

El sábado por la tarde, Leo salió de East Wind y entró en la propiedad de Brie por la parte de atrás. Había llamado a la puerta, pero Brie no contestaba. Y tampoco respondía a sus mensajes, de modo que decidió echar un vistazo.

Brie estaba en el jardín, pintándose las uñas de los pies junto a una mesa en la que había un montón de cuencos con sustancias de lo más variopintas, desde *mousse* de chocolate hasta rodajas de melón y de limón. Sin embargo, eso no le sorprendió tanto como su aspecto. Y no precisamente por las mallas marrones y la camiseta verde que se había puesto aquel día, ni por la toalla de color magenta que envolvía su pelo, sino por lo que llevaba en la cara: lo que parecía ser una capa de barro.

Por lo visto, Brie no se acordaba de que había quedado con él.

Leo sacudió la cabeza y llegó a la conclusión de que se estaba preparando para otra fiesta de fin de semana. Al fin y al cabo, ella misma le había dicho que tenía fama de juerguista. Y no supo qué le molestó más: si el hecho de que Brie se hubiera olvidado de él después de ofrecerle alojamiento en West Wind o el hecho de haberse ilusionado él mismo con una mujer que no le prestaba ninguna atención.

Pero ya estaba allí, así que se acercó a ella y la llamó por su nombre.

Brie, que llevaba los cascos puestos, se pegó un susto de muerte y lo miró con horror mientras apagaba la música.

–¿Qué haces? ¿Prepararte para otra juerga?

–¿Para otra juerga? –preguntó Brie, clavando en él sus ojos negros como la noche–. ¿Y qué si es verdad? A diferencia de ti, me gusta disfrutar de la vida. Además, ¿qué diablos haces en mi jardín? No te esperaba hasta mañana.

–He llamado a la puerta y te enviado un mensaje, pero no me has contestado. Y no habíamos quedado mañana, sino hoy. Te lo dije en mi correo electrónico. De hecho, creo recordar que también lo mencioné la última vez que nos vimos.

–¿La última vez?

–Sí, cuando estábamos en tu cocina, ¿recuerdas? Cuando se quemó el aceite de la sartén y estuviste a punto de provocar un incendio.

Brie no supo dónde meterse. Leo tenía razón. Pero, a pesar de ello, lo negó.

–No recuerdo que dijeras nada.

–¿Ah, no? ¿Y tampoco leíste mi mensaje? –dijo con ironía.

Ella guardó silencio.

–De todas formas, tampoco habría importado que viniera el domingo. A juzgar por el caos que tienes aquí, dudo que hubieras estado preparada.

Brie echó un vistazo a su alrededor.

–No, supongo que no… –admitió a regañadientes–. Esta semana he tenido tanto trabajo que me he desconcentrado un poco.

Él asintió y la miró con una sonrisa.

–Por cierto, el barro te queda muy bien.

–Si eso pretendía ser un cumplido, te ha salido mal.

Brie se sintió terriblemente avergonzada, aunque lo disimuló. Le dio la espalda, alcanzó un paño, lo mojó en uno de los cuencos y se empezó a quitar el barro, mirándose en el espejo que tenía en la mesa.

–Además, no es barro. Es una crema a base de chocolate y aguacate.

Cuando terminó de limpiarse la cara, dejó el paño en la mesa y se giró hacia Leo, que se había acercado un poco más.

–Aléjate de mí –le dijo–. Estás demasiado cerca, y ni siquiera llevo maquillaje…

–¿Y qué? Tú estás preciosa de todas formas.

–No lo he dicho para que me halagaras.

–Ni yo intentaba halagarte –replicó–. Me he limitado a decir la verdad.

Ella sintió un escalofrío de placer.

–En ese caso… gracias.

Brie era consciente de que Leo la había puesto a la defensiva, así que decidió cambiar las tornas y recuperar el control de la situación.

–Me pregunto qué tal te quedaría un bigote…

–¿Un bigote? –preguntó Leo, desconcertado.

Ella metió el dedo en la crema de chocolate y,

acto seguido, se lo pasó por encima del labio superior.

–No te preocupes. Es de productos absolutamente naturales. Chocolate, aguacate, leche de coco y aceite –explicó–. ¿Quieres que te ponga más?

Él no dijo nada. Se quedó inmóvil como una estatua.

–Relájate –continuó Brie–. ¿Nunca te has puesto en manos de una esteticista?

–No.

Brie miró su boca y sonrió.

–Tienes los labios más irresistibles que he visto nunca en un hombre.

Ella se los quiso acariciar, pero él la agarró de la muñeca y apartó su mano.

–No juegues con fuego, Brie. Estás hablando con un hombre que arde en deseos de besarte.

–Lo sé –susurró.

Leo se inclinó sobre ella y le dio uno de esos besos lentos e intensos que Brie estaba aprendiendo a saborear y a apreciar.

No hubo más contacto que el de sus labios. No se acariciaron. No se tocaron. Simplemente, se besaron con pasión durante unos segundos que a Brie se le hicieron cortísimos. Y, cuando lo miró a los ojos como para rogarle que le diera un poco más, Leo se apartó y dijo en voz baja:

–¿Cómo lo sabes?

Ella se encogió de hombros.

–¿Cómo no lo voy a saber? A mí me pasa lo mismo que a ti. No dejo de soñar contigo…

–Lo sé –dijo él, devolviéndole la pelota.

Brie le acarició el labio inferior.

–Pero eso no tiene nada de malo, ¿verdad? Soy una mujer adulta y tú eres un hombre adulto. Podemos hacer lo que nos parezca.

–Cierto…

Leo metió un dedo en el cuenco de chocolate, le manchó la barbilla y se la limpió con la lengua, pasándosela muy despacio.

–Deberías añadir azúcar a tus cremas –dijo él–. Saben amargas.

Ella suspiró.

–No están pensadas para lamerlas… Pero, ahora que lo dices, podría hacer algo al respecto.

–¿Ah, sí? ¿Y cuándo lo vas hacer?

Brie le dedicó la mejor y más sensual de sus sonrisas mientras le ponía la mano en la entrepierna, justo encima de su erección.

–Aún no lo he decidido. Te lo diré cuando lo sepa.

Ella se intentó apartar, pero él la agarró con las dos manos y la apretó contra su cuerpo.

–No me gusta que me manipulen, Breanna.

Brie parpadeó.

–¿Eso es lo que crees que estoy haciendo? ¿Manipularte?

Leo le pasó las manos por la espalda y las cerró sobre sus nalgas. Brie se arqueó ligeramente hacia delante, para provocarlo.

–No te estoy manipulando, Leo. Todavía no. Pero, cuando lo haga…

Brie no terminó la frase. Leo asaltó su boca en un

gesto repentino, firme y exigente que avivó su deseo, y no pudo hacer nada salvo dejarse llevar.

Su mente se llenó de imágenes tórridas. Se vio tumbada con él en las irregulares losetas del jardín, haciendo el amor. Y, aunque Leo se tranquilizó un poco, mantuvo las manos en sus nalgas y la besó de un modo tan exquisito que Brie se sintió desvanecer.

Lo deseaba con locura.

Leo estuvo a punto de perder el control cuando ella le metió las manos por debajo de la camisa. Los músculos de su estómago se tensaron bruscamente, y la excitación que sentía no le dejaba pensar con claridad. ¿Por qué la había besado? No pretendía besarla. Solo le quería dar una lección. Pero ya no recordaba el motivo.

De algún modo, se las arregló para romper el contacto de sus labios, tomar aire y apartar las manos de las nalgas de Brie. Ella lo miró a los ojos; tenía las mejillas inflamadas de deseo y la boca, lascivamente entreabierta.

Si no reaccionaba pronto, el beso que había empezado como un castigo se transformaría en una noche de amor.

Leo tragó saliva, deseando que no se diera cuenta de que se encontraba al borde del precipicio. Pero, justo entonces, Brie le acarició los pezones con las uñas y le arrancó un escalofrío de placer.

Fue tan intenso que se asustó. Y le agarró las manos para que no siguiera adelante.

Brie no podía saber que Leo la había detenido por miedo. De hecho, pensó que tenía más fuerza de voluntad que ella, y también pensó que era una suerte que la tuviera.

¿Por qué se había dejado llevar? ¿Por qué había perdido el control de sus emociones? Solo había sido un beso. Nada más que un beso. Y tenía un montón de cosas que hacer, empezando por arreglar la casa para su nuevo inquilino.

–No… –dijo en voz baja, mientras intentaba tranquilizarse–. Hoy no jugaremos con cremas. No es un día adecuado para eso… Y tampoco lo será esta noche, porque tengo un compromiso ineludible.

Él arqueó una ceja.

–¿Un compromiso ineludible?

Ella lo miró fijamente. Sabía lo que estaba pensando. Leo creía que su compromiso era una fiesta, pero no intentó sacarlo de su error.

–Mira, Leo… No te habría besado si estuviera saliendo con otro hombre.

Brie se apartó de él y empezó a recoger las cremas, contenta por tener algo en lo que poder concentrarse. No estaba dispuesta a darle explicaciones. Ya no daba explicaciones a nadie. Pero no estaba molesta con él, sino dolida. Por algún motivo, su desconfianza le había hecho daño.

–Discúlpame, Breanna –dijo él, como notando su incomodidad–. No pretendía dudar de ti.

–Olvídalo. Carece de importancia.

Leo guardó silencio durante unos segundos y, a continuación, preguntó:

–¿Volvemos a ser amigos?

–¿Amigos? Sí, claro… –Brie alcanzó la caja donde había metido sus cosas y se dirigió a la puerta trasera–. Siento que la casa esté tan desordenada. La arreglaré enseguida.

–No te preocupes. Puedo pasar la noche en algún hotel.

Brie dejó la caja en la mesa de la cocina.

–No, nada de hoteles. Te quedarás aquí.

–En ese caso, necesito una copia de la llave. Tengo que ir a la ciudad, y es posible que no estés en casa cuando vuelva.

Brie le dio una copia y se puso a meter los platos y cubiertos sucios en el lavavajillas, que encendió. Leo se fue al cabo de unos momentos, y ella alcanzó el detergente y empezó a limpiar las superficies de la cocina con un brío surgido de la indignación.

Leo tenía la fea costumbre de sacar conclusiones equivocadas sobre su vida. Desde luego, no podía negar que le gustaba divertirse y que apreciaba la compañía de los hombres, pero eso no la convertía en una frívola insensible que solo pensaba en dar fiestas. Era una buena persona, que siempre estaba dispuesta a ayudar a los demás, aunque no los conociera de nada.

Minutos más tarde, dejó el detergente a un lado y contempló su obra. Todo estaba tan limpio y reluciente que Leo no encontraría motivos para quejarse si se pasaba por allí con intención de cocinar. Aunque Brie supuso que no cocinaba. Probablemente, tenía un chef a su disposición.

A decir verdad, solo podía hacer conjeturas. Sabía

muy pocas cosas de él. Sabía que le gustaba y que tenía una marcada tendencia a ponerse en el peor de los casos, pero nada más. Y estaba harta de hacer conjeturas. Así que se limpió las manos con un paño y olvidó el asunto.

Leo regresó a West Wind a primera hora de la noche. Podía haber vuelto antes, pero dejó pasar el tiempo porque necesitaba mantenerse alejado de ella. Y, como no sabía si habría cenado, compró una pizza por el camino y se la llevó.

Cuando entró en la casa, descubrió que Brie se había ido y que le había dejado una nota en la mesa de la cocina:

Te he preparado la cama del dormitorio que está al final del pasillo. Sé que es pequeña para ti, pero solo será por esta noche.

Ah, no me esperes levantado.

Besos,

                                        Brie

A Leo le pareció asombroso que una mujer que le preparaba la cama en la habitación más alejada de la suya le dedicara besos por escrito. Especialmente, porque él quería bastante más que unos besos de papel. Mucho más.

No había conocido a nadie como Brie. Estaba acostumbrado a las mujeres liberadas, pero esa era la primera vez que deseaba mantener una relación sexual con una de ellas. Siempre había creído que los encuentros entre personas demasiado independientes terminaban mal. Era como echar aceite al fuego. Un desastre seguro.

Y, sin embargo, no contento con quedarse en su casa en calidad de inquilino, se dedicaba a pasear por ella y a comprobar las habitaciones de la mansión, incluido el único dormitorio con una cama suficientemente grande para él: el dormitorio de Brie.

Al cruzar el vestíbulo, vio las cajas y el par de maletas que estaban en la entrada y suspiró. Brie había hecho el equipaje para marcharse a Pink Snowflake, y no supo si alegrarse o deprimirse por ello.

–Maldita sea...

Siguió adelante y descubrió que todas las salas estaban perfectamente limpias y ordenadas, con excepción del dormitorio principal, que era un caos. Mientras lo miraba, pensó que sería mejor que pasara por un supermercado y comprara un edredón, porque se sentía incapaz de dormir bajo el de Brie, con su estampado de flores. Pero, en cualquier caso, eso no le preocupó tanto como el hecho de que aquella noche fueran a dormir bajo el mismo techo, a pocos metros de distancia.

Cinco horas después, se estiró en el sofá del salón y se preguntó por qué seguía despierto y a qué hora volvería Brie.

Aún se lo estaba preguntando cuando oyó un coche. Leo supo que era ella y quiso levantarse para ir en su busca, pero se quedó en el sofá por simple y puro orgullo. Si salía a buscarla, ella sabría que había hecho exactamente lo que le había pedido que no hiciera: esperarla despierto. Y no se lo podía permitir.

Brie apareció en el salón al cabo de un par de minutos. Llevaba el pelo suelto, una chaqueta marrón que dejó en el sofá y un vestido negro que enfatizaba todas y cada una de sus curvas.

—¿No te has acostado todavía? –preguntó.

Él la miró a los ojos.

—Nunca me acuesto antes de la una.

—Entonces, no te has quedado a esperarme…

—No.

—Me alegro mucho, porque estoy agotada. –Brie cruzó el salón y dejó caer en uno de los sillones–. ¿Por qué te acuestas tan tarde? ¿Porque te gusta? ¿O porque trabajas hasta altas horas de la noche?

—Por las dos cosas.

Ella se quitó los zapatos y dijo:

—Pues, si yo pudiera, me acostaría a las siete de la tarde y dormiría doce horas seguidas. Pero me temo que nunca tengo la ocasión.

Leo notó que estaba más pálida que de costumbre y casi sintió lástima por ella. Por lo visto, su amor por las fiestas le estaba pasando factura.

—Podría haber pasado a recogerte. Te habría ahorrado el viaje –dijo.

—¿Para qué? –preguntó ella–. Mira, seré clara contigo. Me gustan los hombres. A decir verdad, me gustan mucho. A veces me acuesto con ellos y, a veces, no… depende del momento, del hombre en cuestión y hasta del clima que haga. Pero no necesito que cuiden de mí.

Él se quedó fascinado con ella. Hasta ese momento, no se había dado cuenta de que, cuando Brie se enfadaba, tenía un pequeño tic en el ojo izquierdo. Un tic tan encantador como todo lo demás en aquella mujer.

–¿Dejas que el clima determine tus relaciones sexuales? –dijo con humor.

Ella hizo caso omiso de la pregunta y dijo:

–Será mejor que me acueste. Necesito dormir.

–¿Quieres que te lleve en brazos?

–No es necesario. Y tampoco es necesario que me acuestes y me tapes. Ah, por cierto, el desayuno es cosa tuya… Buenas noches.

–Buenas noches.

Brie se marchó y, momentos después, Leo oyó que cerraba la puerta de su dormitorio.

¿Se acostaría tal como estaba, por puro agotamiento? ¿Se desnudaría antes de meterse en la cama? Leo la imaginó quitándose lentamente el vestido, y se excitó tanto que supo que ya no podría dormir.

Desesperado, se levantó del sofá y se acercó a la estantería para descubrir sus gustos en materia de libros. Tras echar un vistazo a un par de clásicos y a una biografía de Amelia Earhart, descubrió un ejemplar de *Carrie*, de Stephen King, y lo eligió como lectura nocturna.

Ya se había sentado cuando oyó un sonido procedente de la chaqueta de Brie. Solo podía ser su teléfono móvil.

Dos minutos después, el timbre volvió a romper el silencio y él sintió tanta curiosidad que sacó el aparato y miró el nombre de la persona que llamaba, un tal Sam. Sin embargo, optó por hacer lo mismo que la vez anterior: nada en absoluto. Y así habrían quedado las cosas si no hubiera sonado de nuevo. Quizás era algo urgente, algo que no podía esperar.

Leo contestó la llamada y dijo:

–¿Con quién hablo? Breanna no está en este momento.

–Ah… –dijo una voz de mujer, obviamente sorprendida–. ¿Quién eres?

–Leo Hamilton, su nuevo inquilino.

–¿Su nuevo inquilino?

–Sí… ¿No te ha comentado que va a alquilar su casa durante unos días?

–Ahora que lo dices, sí… Tú eres el hombre que estaba en la fiesta el fin de semana pasado, ¿verdad?

–En efecto. ¿Y tú? ¿Quién eres?

–La persona a quien preguntaste dónde podías encontrar un par de copas.

–¿Samantha?

–La misma, aunque mis amigos me llaman Sam. Pero, ¿dónde está Brie?

–Se ha acostado y se ha dejado el móvil en el salón. ¿Te puedo ayudar en algo?

–Pues sí. Es posible que Brie no se haya dado cuenta, pero se ha dejado el bolso en el local. Trabajamos juntas, ¿sabes? Yo me dedico a dar masajes –explicó–. ¿Le puedes decir que lo he metido en la caja fuerte? Puede pasar a recogerlo mañana, cuando se levante.

–Se lo diré.

–Gracias, Leo… Espero que duerma largo y tendido, porque lleva una semana muy difícil, con mucho trabajo. Y lo de hoy la habrá dejado agotada.

Leo se quedó perplejo. Brie no había estado en ninguna fiesta.

–¿Insinúas que vuelve a estas horas de trabajar?

–Me temo que sí. Le dije que se marchara a casa, pero teníamos a unos clientes que están en rehabilitación y no ha querido posponer la cita –contestó.

Él frunció el ceño.

–¿Rehabilitación? Pensaba que lo vuestro era un salón de belleza.

–Oh, no, es mucho más que eso. Brie es terapeuta y, durante su tiempo libre, se dedica a experimentar con cremas naturales que ayudan a que se recupere la piel después de los tratamientos de quimioterapia. Incluso trata a pacientes que no tienen dinero para pagar sus servicios. Nuestra amiga es toda una mujer.

Leo pensó que Samantha estaba en lo cierto. Era toda una mujer, y mucho más compleja de lo que había imaginado.

–Gracias por decírmelo, Sam. Y no te preocupes por lo del bolso. Se lo diré en cuanto la vea.

Leo cortó la comunicación y se tumbó en el sofá, absolutamente asombrado con lo que acababa de oír. Breanna Black había resultado ser un enigma. Un enigma que ardía en deseos de descifrar.

Capítulo Seis

Leo instaló su despacho en el comedor de West Wind. Se había despertado antes del alba; en parte, porque la cama que Brie le había asignado era demasiado pequeña para él y, en parte, porque quería adelantar trabajo para estar libre por la mañana e invitarla a desayunar. Tenía que ir al hotel Heaven por la tarde, lo cual implicaba un viaje en coche de alrededor de tres horas; pero eso no significaba que no pudiera pasar un buen rato con ella.

A las diez y cuarto, cuando ya había terminado el informe para los clientes del Heaven y hablado por teléfono con su hermana, oyó que Brie entraba en el cuarto de baño de su dormitorio y abría el grifo de la ducha. Leo se había puesto a leer la prensa en Internet, pero perdió la concentración por completo. Solo podía pensar en su cuerpo desnudo bajo el agua, y en todas las cosas que le quería hacer.

Su relación con Breanna Black había cambiado radicalmente. ¿Cuándo había dejado de pensar en ella como futura vecina de Sunny y había empezado a pensar en ella como futura amante? No lo sabía, pero la idea le incomodó tanto como la primera vez que se le había pasado por la cabeza. Y se sintió aún más incómodo cuando Breanna entró en el comedor con unos vaqueros ajustados y un top de color oscuro que hacían maravillas con sus curvas.

Estaba impresionante.

–Buenos días –dijo ella con una sonrisa.

Leo carraspeó, hechizado con su belleza.

–Buenos días… ¿Qué tal has dormido?

–Bien, muy bien. Aunque supongo que tú no puedes decir lo mismo –respondió–. Siento lo de la cama. Sé que es demasiado pequeña para ti.

–Si tanto lo sientes, podrías haberte ofrecido a compartir la tuya.

Ella volvió a sonreír, pero cambió de conversación.

–¿Has preparado el desayuno?

–He pensado que es mejor que desayunemos fuera. Pero no te preocupes, yo invito.

–Me parece una idea magnífica –comentó–. ¿Nos vamos ya? ¿O tienes trabajo que hacer? Lo digo porque estoy hambrienta…

–Nos podemos ir cuando quieras. De hecho, estoy libre hasta esta tarde.

–En ese caso, te llevaré a un local de Richmond que me gusta mucho. Tienen unos quesos y unos vinos excelentes, y solo está a media hora de aquí.

Él frunció el ceño.

–¿Queso y vino? ¿Para desayunar?

–Hoy es mi primer día libre en dos semanas. Y mañana tengo que volver al trabajo, así que no quiero malgastarlo.

–Entonces, vámonos. No perdamos el tiempo en nuestra primera cita…

Ella sacudió la cabeza.

–No, esto no es una cita. Los almuerzos dominicales no encajan en esa categoría.

Leo se encogió de hombros.

–Si tú lo dices.

Brie se acercó al sofá para recoger la chaqueta que había dejado allí la noche anterior. Y, cuando vio su móvil encima de la mesita, se giró hacia él y le lanzó una mirada acusatoria.

–Samantha llamó anoche –le informó él–. No quería contestar, pero el teléfono sonó tres veces seguidas y pensé que podía ser algo urgente. Por lo visto, te dejaste el bolso en el trabajo. Sam me dijo que lo guardaría en la caja fuerte.

–¿Me dejé el bolso? ¿En serio? –preguntó, sorprendida–. Últimamente estoy muy despistada. Ni siquiera me había dado cuenta.

–Esas cosas le pasan a todo el mundo –dijo él, restándole importancia–. Pero, ¿quieres un café antes de salir? Te sentaría bien. De hecho, estaba a punto de servirme uno.

–Prefiero un té, gracias. Las bolsitas están en el armario, en una lata roja.

Brie lo siguió hasta la cocina, donde se sentó y se dedicó a mirar a Leo mientras él preparaba el té. Estaba tan atractivo con su jersey de angora y sus pantalones vaqueros que deseó acariciarlo.

–¿Sabes cocinar? –le preguntó.

Leo dejó el té en la mesa, se sirvió otro café y, tras sacar un cartón de leche del frigorífico, se acomodó a su lado.

–Sí, pero no me gusta nada, así que no cocino nunca.

Brie rio.

–Bienvenido al club. Yo tampoco cocino. Seríamos unos compañeros de piso catastróficos –bromeó.

Él se sirvió un poco de leche, la miró con intensidad y preguntó:

–¿Por qué no me dijiste lo de anoche?

Brie se llevó la taza de té a los labios. Era evidente que Sam se había ido de la lengua, pero decidió tomarle el pelo.

–¿Lo de anoche?

–No finjas que no sabes de qué estoy hablando. Tu amiga me lo contó.

–Sí, sé a qué te refieres. Me estaba riendo de ti –declaró con una sonrisa–. Y, en cuanto a mis motivos para no decírtelo, creo que son bastante obvios.

Leo entrecerró los ojos, la miró en silencio durante unos segundos, se bebió el resto de su café y, a continuación, se recostó en la silla.

Brie se dio cuenta de que el asunto no era precisamente obvio para él. No había entendido nada. Por lo visto, estaba tan acostumbrado a tener éxito con las mujeres que ni siquiera había considerado la posibilidad de que la hubiera juzgado mal. Pero no le apetecía sacarlo de su ignorancia, así que se levantó, se terminó el té y dejó la taza en la pila.

–Será mejor que nos pongamos en camino mientras lo piensas. Si tardamos más, nos pillará la lluvia.

–¿La lluvia? Pero si hace un día excelente…

–No conoces nuestro clima. Vienes de Melbourne, y no sabes que aquí puede cambiar cada pocas horas. –Brie se puso la chaqueta–. Tendré que pasar a recoger mi bolso. ¿Conduces tú? ¿O conduzco yo?

–¿Lo preguntas en serio?

–Por supuesto. Aunque debería conducir yo, porque conozco mejor la zona.

–Eso no será un problema. Puede que no sea de Tasmania, pero me desenvuelvo bastante bien en sus carreteras. –Leo se puso su cazadora de cuero y sacó las llaves de un coche–. ¿Quieres que metamos tu equipaje en el maletero, para que te lleve a Pink Snowflake?

–No, ahora no hay tiempo para eso. Te recuerdo que tenemos que desayunar.

–Como quieras…

Salieron de la casa, subieron al coche de Leo y se dirigieron al Eve´s Naturally, que se encontraba a cinco minutos de West Wind. El vehículo era espacioso, pero Brie se sintió como si estuvieran en un lugar angustiosamente pequeño. Notaba su aroma con toda claridad, y era tan consciente de sus largos dedos cerrados sobre el volante como de la cercanía de sus piernas.

–No insinuaba que no me lleves a Pink Snowflake. De hecho, te estaría muy agradecida… Pero prefiero enseñarte el sitio con calma.

–Ah, no te preocupes por eso. Tengo tiempo de sobra, siempre que estemos de vuelta antes de las tres –le informó–. Tengo una reunión a las seis de la tarde, pero el sitio donde he quedado está a tres horas de coche… si respeto el límite de velocidad.

–Y lo respetarás, por supuesto –dijo con sorna.

–Por supuesto.

Ella sonrió.

–¿Pasarás la noche en el hotel?

–Sí.

–¿Y dónde has quedado?

–En el hotel Heaven. ¿Has estado alguna vez?

–¿Bromeas? Por lo que tengo entendido, no tiene unos precios precisamente económicos.

Brie le señaló un edificio que estaba a su izquierda y añadió:

–Puedes aparcar aquí. Solo tardaré unos minutos.

Brie cumplió su palabra y, unos minutos después, salieron de Hobart y se dirigieron a la histórica localidad de Richmond, con sus tiendas y casas bajas de estilo inglés. Durante el viaje, ella le habló de los lugares más turísticos de la zona y le contó lo que sabía sobre Blue Bandicoot, la bodega adonde iban a ir a desayunar o, más bien, a almorzar.

Leo la escuchó con interés. Las explicaciones de Brie permitían que se concentrara en algo inocente, en lugar de dejarse llevar por su creativa y lujuriosa imaginación. De haber podido, habría tomado algún camino secundario, habría buscado un rincón alejado de todo y le habría hecho el amor en el coche.

–¿Te aburro? –preguntó ella al cabo de unos momentos.

Leo, que estaba perdido en sus ensoñaciones sexuales, se sobresaltó un poco.

–¿Cómo…? Ah, no, en absoluto. He hecho este viaje muchas veces, pero te confieso que nunca me había divertido tanto.

Ella bufó, incrédula.

–Venga ya…

–Lo digo en serio.

Brie se giró hacia él y lo miró con intensidad.

–¿En qué estabas pensando, Leo? Sé sincero conmigo. ¿En qué estabas pensando mientras yo hablaba de la bodega?

–Si contestara a esa pregunta, tendríamos que salir de la carretera y detenernos un rato. Pero no tenemos tiempo.

Brie respiró hondo.

–En ese caso, dejemos el vino y el queso para otro día –dijo con sensualidad.

Él estuvo a punto de aceptar la propuesta, pero la rechazó.

–Me levanté a las seis de la mañana, y estoy hambriento –replicó–. Pero ya basta de explicaciones turísticas. Háblame de ti.

–¿De mí? No, se me ocurre una conversación más interesante.

–¿Cuál?

–Lo que me gustaría hacerte ahora mismo. O lo que a ti te gustaría hacerme a mí.

Leo sacudió la cabeza.

–Ese es un tema peligroso para un hombre que está conduciendo. Podríamos sufrir un accidente –observó–. Prefiero una conversación menos intensa.

–Esta bien, te hablaré de mí. Pero, ¿por dónde empiezo? Veamos… Cuando mi padre falleció, descubrí que yo tenía un hermanastro, Jett. Tardé tres años en descubrir que vivía en París, y ahora se ha casado con mi mejor amiga, así que…

–No, no… No te he pedido que me hables de tu hermano, sino de ti.

–Me gusta el helado de vainilla con chocolate.

–Eso no vale. Tienes que contarme algo más personal.

–Como quieras. Adoro sentir el contraste del frío y el calor en mis pezones. Y me gusta especialmente cuando alguien…

–Basta ya –protestó–. Me estás provocando a propósito.

–¿Te estoy provocando? –preguntó con voz lujuriosa–. No me digas.

–Brie… –dijo en tono de advertencia.

–Podríamos salir de la carretera y…

–Podríamos, pero tengo hambre –la interrumpió.

Leo estaba tan excitado para entonces que quitó la calefacción y bajó la ventanilla porque necesitaba un poco de aire fresco. Además, no entendía nada de nada. Nunca le habían gustado las mujeres atrevidas. Pero, al parecer, ella era la excepción a la norma.

–Según el GPS, la desviación de la bodega está a un kilómetro de distancia –le informó Brie–. Es tu última oportunidad.

–¿Ah, sí?

Leo echó un vistazo al retrovisor, para asegurarse de que no venía nadie y, a continuación, frenó con brusquedad y detuvo el coche en el arcén de la carretera. Luego, se quitó las gafas de sol y el cinturón de seguridad, se giró hacia ella y la miró a los ojos.

–¿Me estás diciendo que, si no hacemos el amor ahora, no lo haremos nunca? –continuó.

Ella le puso una mano en el muslo.

–No, yo no he dicho eso. Solo he dicho que es tu última oportunidad antes de que desayunemos o almorcemos, como prefieras llamarlo. Pero estoy cansada de hablar… Bésame, Leo.

Leo tragó saliva.

–Ya que eres tan lanzada, ¿por qué no me besas tú?

Brie le acarició la pierna y se inclinó hacia él de tal manera que casi rozaba su pecho con los senos. Pero solo casi.

–Porque me gustó mucho tu beso. Y quiero que empieces tú.

Él clavó la vista en sus labios.

–Está bien. Pero con la condición de que dejes de presionarme después y vayamos a comer algo.

–Si eso es lo que quieres…

Para sorpresa de Leo, la mirada de Brie se volvió dulce e insegura. Como si tuviera miedo al rechazo.

–No, no se acerca ni mucho menos a lo que quiero –admitió él en voz baja–. Pero, de momento, tendrá que ser suficiente.

La inseguridad de Brie se transformó en pasión cuando le tomó la cara entre las manos y le dio el beso que le había pedido. Volvía a ser la mujer de siempre.

Leo no supo cuánto tiempo se besaron. No era

algo que le preocupara. Solo supo que estaban en una carretera con bastante tráfico y que no podían llegar más lejos a la vista de todos. Pero no tuvo ocasión de romper el contacto, porque ella se le adelantó y dijo:

–Si no estuviéramos en un lugar público…

–¿Eso te preocupa? –preguntó él, sorprendido.

–No. Sí –se contradijo–. Es mejor que nos pongamos en marcha.

Leo la miró durante unos segundos y se preguntó qué había ocurrido para que cambiara de actitud tan súbitamente. Era obvio que algo la había asustado, y no creía que fuera el simple hecho de que se encontraran en una carretera.

–De acuerdo. –Él se puso las gafas de sol y arrancó el vehículo–. Vamos a comer.

La bodega resultó ser una fiesta de color y sabores. Ya había pasado la época de la vendimia; pero el cielo estaba azul, y el otoñal follaje de los árboles daba al paisaje un tono tan dorado como cálido, a pesar de que hacía fresco.

Leo y Brie degustaron vinos, quesos y embutidos del lugar en el interior del edificio que había albergado las antiguas caballerizas. Hablaron de muchas cosas, y él descubrió que la mujer de sus sueños tenía un sentido del humor muy parecido al suyo. Pero, al cabo de un rato, siguiendo la tradición de Tasmania, el cielo se cubrió de nubes y la lluvia interrumpió el festejo.

Rápidamente, Leo abrió el paraguas que había sacado del maletero y la llevó al coche mientras ella le daba pedacitos de pan y trozos de queso.

Ya en el vehículo, él decidió llevarla a Pink Snow-flake para que le enseñara el lugar. Pero Brie se quedó dormida diez minutos después de que se pusieran en marcha; y, lejos de sentirse aliviado, se llevó una decepción que lo amargó durante todo el trayecto.

Cuando Brie abrió los ojos, descubrió que estaba mirando la entrada de Pink Snowflake a través de un parabrisas mojado y que Leo decía algo en voz baja, a escasa distancia de su mejilla. No pudo entender sus palabras, pero la sensación era tan agradable que volvió a cerrar los ojos.

–Despierta, preciosa…

Ella parpadeó, hizo un esfuerzo por despabilarse y se maldijo a sí misma por haberse quedado dormida delante de Leo.

–Necesito que me des el código de seguridad –continuó con impaciencia, como si se lo hubiera dicho varias veces.

–Ah, sí… –Brie le dio el código–. Pero, ¿qué hacemos aquí? Tengo que ir a West Wind a recoger mi equipaje. Y necesito mi coche.

Él introdujo el código de seguridad a través de la ventanilla del coche.

–No te preocupes. Ya me he ocupado de todo –dijo mientras arrancaba–. Tu equipaje está en el maletero y, en cuanto a tu coche, has bebido demasiado para conducir. Si quieres, te puedo llevar a Hobart para que duermas en tu casa. Tengo que ir al Heaven, pero me viene de camino.

Brie se quedó atónita. ¿Cómo era posible que Leo hubiera recogido su equipaje, lo hubiera metido en el maletero y la hubiera llevado a Pink Snowflake sin que ella se despertara? Al parecer, el vino de la bodega había tenido un efecto profundamente somnífero.

–Te agradezco el ofrecimiento, pero prefiero quedarme aquí esta noche. Y gracias por haber recogido mi equipaje.

–¿Te vas a quedar aquí? Te recuerdo que mañana tienes que trabajar.

–Eso no es un problema. Iré en taxi. –Brie bajó del coche y sacó las llaves del edificio–. Venga, sígueme.

Ya en el interior, ella sonrió de oreja a oreja.

–Trasladaré Eve´s Naturally a Pink Snowflake en cuanto Jett y Olivia vuelvan. Ardo en deseos de trabajar con ellos.

–Pareces muy entusiasmada.

–Porque lo estoy. Es un proyecto fantástico y, además, podremos ofrecer servicios gratuitos a personas con dificultades económicas. Gracias a los donativos de la fundación, adonde irá a parar la generosa suma que vas a pagar por el alquiler de West Wind.

Tras sacar las maletas y las cajas, Brie le enseñó el edificio y le dio todo tipo de explicaciones sobre su trabajo. Era evidente que se sentía orgullosa de lo que hacía.

–Abriremos en cuanto la feliz pareja vuelva de su

luna de miel –le informó mientras encendía la calefacción–. Aún faltan un par de meses, pero ya tenemos reservas.

–No me extraña que las tengáis.

Leo fue completamente sincero. Pink Snowflake tenía todo el equipamiento necesario para un negocio de sus características, pero también tenía algo difícil de encontrar: un diseño interior y exterior tan bello como respetuoso con la naturaleza y el paisaje de la zona. Algo que un asesor de gestión medioambiental no podía pasar por alto.

–Estoy impresionado –continuó–. Y te aseguro que no me pasa muy a menudo.

–Te creo –dijo ella con una gran sonrisa–. Anda, quítate los zapatos.

–¿Para qué?

–Para que te pueda enseñar mi rincón preferido.

Él se descalzó y, momentos después, se encontró en una piscina interior con una vista impresionante de la costa.

–Comprendo que sea tu rincón preferido.

–Pues no lo comprendas tanto, porque todavía no hemos llegado.

Brie lo llevó a una sala con un jacuzzi enorme, a través de cuyas paredes de cristal se veían los bosques y el cercano río.

–¿Te gusta? Pues se puede mejorar.

Brie pulsó un botón y, de repente, se cerraron unos paneles que bloquearon toda la luz y el sonido del exterior. Leo notó que el arquitecto había diseñado los paneles de tal manera que también bloqueaban la luz procedente de la piscina. Era como si el mundo hubiera dejado de existir. Como si no hubiera nada salvo aquel lugar.

Entonces, ella cruzó la sala, encendió media docena de velas y respiró hondo, disfrutando de su aroma. Leo tuvo la sensación de que lo estaba seduciendo, pero no había nada en su actitud que lo indicara. De hecho, no sabía a qué estaba jugando.

Nervioso, abrió y cerró los puños varias veces, en un intento por tranquilizarse. Luego, miró la hora y se maldijo en voz alta. El viaje a Pink Snowflake le había llevado más tiempo del que creía.

–Maldita sea… Me tengo que ir –dijo–. Será mejor que vuelvas a abrir los paneles.

–¿Estás seguro de que no te puedes quedar un rato?

Él suspiró.

–Sí. Es un trayecto de…

–De tres horas en coche, ya lo sé. –Brie abrió los paneles del jacuzzi–. Pero si cambias de opinión o decides pasarte más tarde… seguro que recuerdas el código de seguridad.

Brie se metió una mano en el bolsillo, le dio una llave y añadió:

–Es de la puerta de la entrada. Por si la necesitas.

–No creo que la necesite –dijo él, que sin embargo se la guardó.

–Tú verás lo que haces.

Brie lo acompañó a la salida, esperó a que se calzara de nuevo y abrió la puerta. El tiempo había empeorado, y soplaba un viento bastante frío.

–Vaya, me alegro de no tener que salir –comentó–. Es una suerte que me pueda quedar en Pink Snowflake, calentita.

–Sí, claro… –dijo él, incómodo–. Que tengas una buena noche…

Leo dio media vuelta y salió del edificio a toda prisa, por miedo a cambiar de opinión.

Tenía que ver a unos clientes, y no iba a llegar tarde por muchas tentaciones que se interpusieran en su camino.

O, al menos, esa fue la excusa que se dio a sí mismo.

Capítulo Siete

¿Quién era Brie? Leo se lo preguntó mientras cruzaba el puente Derwent bajo la lluvia. ¿Era la mujer seductora? ¿O la niña insegura? ¿Era la franqueza y el atrevimiento del que hacía gala en tantas ocasiones? ¿O la compasión y la solidaridad que mostraba en su trabajo?

Fuera como fuera, Leo llegó a la conclusión de que no había mantenido muchas relaciones serias, si es que había mantenido alguna. Pero, por otra parte, ¿no era eso lo que él buscaba? Una aventura pasajera y puramente sexual, sin espacio para los dramas y las recriminaciones.

Mientras lo pensaba, miró la hora y se dio cuenta de que iba a llegar tarde por culpa de la lluvia, así que llamó por teléfono a sus clientes para avisarlos. Estaba en mitad de un atasco monumental, y no podía hacer nada al respecto.

Tras cortar la comunicación, sus pensamientos volvieron a Breanna.

¿Estaba verdaderamente dispuesto a acostarse con una mujer tan atrevida? ¿Con una mujer que no tenía miedo de decir lo que deseaba? No lo tenía muy claro, pero su personalidad le resultaba estimulante y refrescantemente distinta.

Brie era un desafío. Y siempre le habían gustado los desafíos.

Lo sucedido en Pink Snowflake era un buen ejemplo. Se las había arreglado para seducirlo sin pronunciar palabras de amor ni ponerle una mano encima. Le había bastado con un par de miradas intensas.

Justo entonces, Leo vio un cartel de cambio de sentido y tomó la desviación sin dudarlo un momento.

Si Brie quería jugar, jugarían.

Pero esa partida la iba a ganar él.

Brie estaba sentada junto al jacuzzi cuando vio el coche de Leo en el monitor del sistema interno de seguridad. Y se frotó las manos por pura satisfacción.

Sabía que volvería a Pink Snowflake. Estaba convencida de que, puesto a elegir entre el trabajo y el sexo, elegiría el sexo. Así que, poco después de que se fuera, cerró los paneles, aumentó la temperatura del ambiente y del agua y puso música blues de fondo. Pero eso solo era la primera parte del plan. Aún faltaba lo más importante: quitarse la ropa y decidir lo que se iba a poner debajo del batín de seda que había elegido para esperar, aunque no estaba segura de que quisiera ponerse nada.

Al final, optó por un conjunto de ropa interior naranja con reborde negro, que le había costado una pequeña fortuna. Supuso que a Leo le gustaría, y que sabría apreciar su belleza antes de quitárselo. Porque se lo iba a quitar. E iban a pasar una noche maravillosa. Una noche de sexo tan apasionado como carente de complicaciones emocionales. Una diversión temporal tras la que seguirían con sus vidas como si no hubiera pasado nada.

Y, de repente, Leo apareció. Se presentó en la sala del jacuzzi y se plantó ante ella con toda la seguridad que emanaba de sus ojos y de su cuerpo.

Por primera vez en su vida sexual, Brie se puso nerviosa. Pero supo que no era por miedo, porque confiaba en él. Era por algo más profundo, algo que le llegaba al fondo del corazón y la hacía sentirse indefensa.

–Ven, Breanna –dijo él mientras se quitaba la cazadora.

–Aquí se está mejor. Es…

–Ven, Breanna –repitió con firmeza–. Y trae el mando de los paneles, esté donde esté.

Ella alcanzó el mando, caminó hacia Leo con una lentitud deliberada y le dio el aparato.

–Si quieres cambiar la música, solo tienes que pulsar…

–Quiero abrir los paneles.

Brie parpadeó, desconcertada.

–¿Abrirlos?

–Sí, eso he dicho.

–Pulsa el botón verde, el que está arriba…

Él pulsó el botón y los paneles de abrieron, llenando la sala de luz vespertina y borrando las sombras.

Brie se quedó sin aliento. Los ojos de Leo brillaban con una determinación asombrosa. No eran los ojos de un hombre asustado, sino los de uno que se sabía dueño y señor de la situación.

–Leo, yo…

–No digas nada.

Leo se acercó y le pasó un brazo alrededor de la cintura. Luego, alzó una mano, le acarició los labios con un dedo y dijo:

–Lo vamos a hacer a mi modo, sin penumbra alguna, sin rincones oscuros. Quiero verte bien, y que me veas bien.

Brie no dijo nada porque no pudo. Se había quedado sin habla.

–A mi modo –insistió él.

–Pero…

–Pero nada.

Leo la besó y la apretó contra su cuerpo. Brie se arqueó y soltó un gemido al sentir su erección contra el estómago. Estaba tan excitada que no lo podía creer. No esperaba que la experiencia resultara tan intensa, tan arrebatadora y feroz.

–Te deseo, Brie. Pero te quiero a la luz del día, sin adornos, sin florituras de ninguna clase. Te quiero a ti y solo a ti. ¿Y sabes lo que va a pasar? –preguntó con voz ronca–. Que te voy a llevar al orgasmo. Y que te voy a mirar mientras te corres.

Brie sintió que sus braguitas se humedecían.

–Oh, sí…

–Pero ya sabes que no me gustan las prisas. Te advierto que podemos estar aquí un buen rato, un rato muy largo.

Ella no puso ninguna objeción.

–¿Y tus clientes? ¿No tenías que reunirte con ellos?

Leo la soltó, acercó una de las sillas que estaban

en la esquina, se sentó ante ella y le puso las manos en los muslos.

—He dejado la reunión para esta noche. Llovía, el tráfico era espantoso y las carreteras estaban en muy mal estado. Lo entenderán perfectamente.

—Ah...

Brie pensó que estaba mintiendo. Pensó que no había cancelado su cita de trabajo por la lluvia, sino por ella. Pero, lejos de sentirse mejor, se sintió torpe e inexperta; algo sorprendente, porque siempre había sido una mujer sexualmente segura.

—Bueno, ¿vamos a empezar? —dijo, intentando recuperar su aplomo.

—Quítate la bata.

—¿Y tú? ¿No te vas a desnudar?

Él separó las piernas un poco.

—De momento, prefiero mirar.

Satisfecha con la respuesta, ella sonrió y se quitó la bata.

Leo se quedó fascinado durante unos segundos. Clavó la mirada en sus pechos y luego la fue bajando poco a poco. Contempló su estómago liso, la fresa tatuada que se adivinaba en su pubis y sus piernas increíblemente largas.

Brie llevaba un conjunto de lencería muy sexy, y Leo supuso que se lo habría puesto aquella mañana, adelantándose a la posibilidad de que hicieran el amor. Pero, tras pensarlo un momento, supo que estaba equivocado. No se lo había puesto por la mañana; se lo había puesto esa misma tarde, después de que él se fuera.

Aquella mujer era tan astuta que se sintió incómodo.

–Date la vuelta –ordenó.

Brie se dio la vuelta, y él admiró sus redondas y firmes nalgas.

–Me gusta tu lencería. Es de un color muy bonito.

–Sí, ¿verdad? –dijo con una sonrisa.

–Acércate.

Ella se acercó y él le acarició los senos por encima del sostén. Los pezones de Brie se pusieron duros al instante, y la erección de Leo se volvió tan obvia que se alegró de estar sentado.

–Ponte las manos en la nuca.

Brie estuvo a punto de protestar, pero cumplió la orden y, al cumplirla, sus senos subieron ligeramente y se volvieron aún más tentadores.

Leo inclinó la cabeza y le succionó un pezón por encima de la tela del sostén mientras le excitaba el otro con el pulgar y el índice. Brie dejó escapar un gemido inmensamente satisfactorio para él. Sin embargo, estaba muy lejos de sentirse satisfecho.

La quería desnuda, y la quería ya.

Con un movimiento rápido, le bajó las braguitas y las tiró. Luego, llevó las manos al cierre del sostén y se lo quitó sin contemplaciones, arrancando a Brie un grito ahogado de excitación creciente.

–Tócame, Leo…

Él no lo dudó. Le metió una mano entre las piernas y empezó a acariciar su húmedo sexo sin apartar la vista de sus ojos.

Los dos se habían quedado sin palabras. Leo, porque estaba completamente concentrado en el placer de Brie; y Brie, porque el placer que sentía iba mucho más allá del que había sentido nunca en sus anteriores experiencias sexuales.

Era abrumador y sorprendente a la vez. La tocaba con una suavidad infinita, apenas rozándola; con una sutileza parecida a la de la llovizna que mojaba los cristales.

–Mírame, Brie.

Ella bajó la mirada y, al ver la impresionante erección que se adivinaba bajo sus vaqueros, perdió los últimos restos de su paciencia.

–Oh, Leo… Te necesito. Te necesito ahora.

Él le metió un dedo y dijo:

–No. De momento, te quiero húmeda y excitada. Quiero que sientas lentamente, poco a poco. Y quiero que me mires hasta el final. Hasta el orgasmo.

Brie obedeció, tan excitada por sus palabras como por sus caricias. Leo insistió en sus atenciones, aumentando la tensión, y solo aceleró el ritmo cuando se dio cuenta de que estaba a punto de alcanzar el clímax.

Brie gritó, incapaz de contenerse.

La intensidad del orgasmo la obligó a apoyarse en los hombros de Leo, porque sus piernas ya no la sostenían. Y se habría quedado así, casi aferrada a él, si aquella descarga de electricidad hubiera sido suficiente para ella. Pero no lo era en modo alguno.

–Te quiero dentro –dijo.

Leo se bajó la cremallera de los vaqueros, le puso las manos en la cintura y, mientras la sentaba sobre él, la penetró con una acometida implacable que sacó de sus pulmones el poco aire que le quedaba. Ella susurró su nombre y se empezó a mover, siguiendo su ritmo, como si alguna fuerza invisible los hubiera unido y no hubiera nada que los pudiera separar.

Al cabo de unos momentos, Brie notó que sus músculos internos se tensaban. El orgasmo la alcanzó por segunda vez; y fue especialmente mágico, porque a Leo le ocurrió lo mismo en ese preciso instante.

Satisfecha, suspiró. Por fin había encontrado a un hombre que estaba a su altura en la cama.

Al ver su sostén, que yacía arrugado en el suelo, dijo:

—No parece que te haya gustado mucho mi ropa interior.

—No tanto como lo que escondía.

Ella sonrió, encantada.

—Pues era mi mejor conjunto.

—No te preocupes. Te compraré otro.

Leo se levantó de la silla tan deprisa que ella estuvo a punto de perder el equilibrio.

—¿Dónde está el cuarto de baño? —preguntó él.

—Es la puerta de la izquierda.

Brie se quedó extrañada. Había cambiado de actitud, como si tuviera prisa por marcharse. Además, su desnudez contrastaba tanto con el cuerpo vestido de Leo que se sintió profundamente vulnerable.

Y entonces, se acordó.

Claro que tenía prisa. Tenía la reunión que había retrasado para estar con ella, lo cual implicaba un viaje de tres horas en plena noche, con lluvia y quizás, niebla.

Preocupada, alcanzó el vestido y se lo puso. Leo salió del cuarto de baño poco después, tan atractivo como de costumbre.

—No deberías viajar con este tiempo, Leo.

—¿Por qué no?

—Porque podrías sufrir un accidente. Y me preocupa.

Él alcanzó su cazadora y se la puso.

—No te preocupes. Sé cuidar de mí mismo desde que tenía cinco años —afirmó—. Además, he reservado una suite en el Heaven y la voy a aprovechar.

Brie lo maldijo para sus adentros. No había dicho ni una sola palabra sobre el momento que habían compartido. Ni siquiera había insinuado la posibilidad de hacer el amor otra vez. Por lo visto, solo pensaba en la suite de un hotel de seis estrellas.

—Pues espero que te diviertas. Yo lo haría si estuviera en tu lugar.

—Tú tampoco estás en mal sitio. También te puedes divertir.

—Eso es cierto. Y puedes estar seguro de que me divertiré.

Leo asintió.

—Te llamaré por teléfono.

—Muy bien. Me puedes localizar aquí, aunque no importa dónde esté. Es la ventaja de los teléfonos móviles —dijo con ironía.

Él la miró con humor.

—Excelente, porque necesito que me des tus datos bancarios para transferirte el alquiler.

—Ah, el alquiler…

Leo frunció el ceño.

–¿Es que hay algún problema?

–No, en absoluto –contestó, dolida.

El orgullo de Brie acababa de sufrir un duro golpe. Leo no la iba a llamar porque quisiera repetir la experiencia de aquella tarde, sino por algo tan trivial como transferirle una suma de dinero.

–En ese caso, me voy. No hace falta que me acompañes a la salida.

Él se marchó y ella esperó unos segundos antes de decir, en voz alta:

–Maldito seas, Leo Hamilton.

Sin embargo, intentó convencerse de que no importaba. De que Leo no importaba. De que solo era sexo, quizá espectacular y desde luego inolvidable, pero solo sexo.

Y, por muy espectacular que fuera, no se volvería a acostar con él.

Capítulo Ocho

Tenía cosas más importantes en las que pensar. Leo se lo repitió una y mil veces durante el trayecto en coche. Cosas más importantes que la mujer que le había robado el sentido y lo había dejado sin más deseo que el de acostarse con ella.

Estaba tan desconcentrado que, al cruzar el puente Derwent por segunda vez en el mismo día, tuvo que frenar en seco para no saltarse un semáforo en rojo.

Había permitido que una mujer se le subiera a la cabeza, y ese era el resultado. Pero no iba a permitir que Breanna Black le complicara la vida. Ya tenía bastantes problemas con su hermana.

Sabía que Brie se había llevado una decepción. Esperaba que su encuentro vespertino se extendiera a la noche. Y a él también le habría gustado, pero su trabajo era lo primero. Además, tendrían más oportunidades de estar juntos.

Leo se acordó de sus gemidos y sonrió. Brie no se podía resistir a sus encantos. Sin embargo, su sonrisa se esfumó en cuanto se puso a pensar en el hecho indiscutible de que él tampoco se podía resistir a ella. Más que una experiencia sexual, su encuentro había sido una revelación. Le había dejado una huella tan profunda que tuvo miedo de sus implicaciones.

***

A las seis de la mañana, Leo pidió un café y un zumo de naranja y se sentó en el Heavenly View, uno de los tres restaurantes del hotel Heaven. Estaba a punto de amanecer, y las vistas del mar eran verdaderamente bonitas.

La suite donde había pasado la noche había cumplido todas sus expectativas. El edificio, el único que había en treinta y cinco kilómetros a la redonda, se alzaba en lo alto de una colina a cuyos pies se extendía una playa de arenas blancas. Pero, lejos de desentonar con el ambiente, estaba perfectamente integrado en él. Y, gracias a su trabajo y al del equipo que tenía a su disposición, el Heaven era un ejemplo en materia de desarrollo sostenible y turismo ecológico.

Además, aquella mañana estaba especialmente contento. Sus clientes habían transferido una cantidad bastante generosa a su cuenta bancaria y, en agradecimiento a los servicios prestados, le habían hecho un regalo de lo más especial: un fin de semana para dos, cena incluida, en la suite más cara del hotel.

Leo miró su teléfono móvil. En cuestión de segundos, llamaría a Breanna, le daría la buena noticia y le preguntaría si estaba libre para pasar un fin de semana con él. Hasta entonces, nunca había sentido el deseo de compartir ningún aspecto de su trabajo y sus éxitos profesionales con ninguna mujer.

Justo entonces, llamó Sunny.

–Hola, Leo…

–Hola, Suns. ¿Va todo bien?

–Sí, por supuesto. Solo faltan cuatro días para el concierto de la Opera House. Estoy entusiasmada…

–Ya me lo imagino –declaró–. Pero, ¿qué haces levantada a estas horas?

–Lo de siempre: practicar con el violín –dijo–. Aunque debería ser yo quien hiciera esa pregunta.

Leo se puso tenso al instante.

–¿Por qué dices eso?

–En primer lugar, porque te fuiste de Melbourne un día antes de lo esperado y sin más aviso que un mensaje –contestó–. Y, en segundo, porque no he tenido noticias tuyas en más de cuarenta y ocho horas; algo bastante extraño, teniendo en cuenta que me llamas cada día. ¿Se puede saber qué pasa?

–Nada… Como siempre dices que soy demasiado controlador y que necesitas más espacio, he decidido concedértelo.

–Oh, venga ya… No me has hecho caso nunca, y no vas a cambiar de actitud a estas alturas –afirmó–. ¿Cómo se llama?

–¿Quién?

–La mujer.

–Si crees que es por una mujer, ¿por qué me llamas cuando aún no ha amanecido?

–¿Prefieres que te llame más tarde? –preguntó con ironía.

–No, me da igual –dijo–. Y no estoy con ninguna mujer. Estoy en el Heaven.

–¿Estás solo en un hotel de seis estrellas? Eso no es propio de ti, Leo –se burló.

–Sunny…

–Puedes negarlo tanto como quieras, pero sé que hay una mujer en tu vida –insistió ella.

–No tengo tiempo para esas cosas –mintió él–. He estado muy ocupado con mi trabajo y con las obras de East Wind.

–Ah, sí, East Wind… ¿Ya has hablado con alguno de los vecinos?

Leo pensó que había hecho bastante más que hablar con Breanna. Pero, naturalmente, se lo calló.

–Sí, he conocido a la propietaria de West Wind. De hecho, me voy a quedar unos días en su casa, aprovechando que ella se ha ido a cuidar del negocio de su hermano y su cuñada. Es la casa de al lado, así que no podría ser más conveniente para mí.

–Oh, sí. Muy conveniente.

–No es mi tipo de mujer, Sunny.

–Ni yo he insinuado que lo sea… –ironizó.

Leo se maldijo por haber despertado sus sospechas.

–Es demasiado extrovertida y demasiado beligerante. La clase de mujer que volvería loco a cualquier hombre en su sano juicio. Supongo que os llevaríais bien.

–¿En serio? Qué interesante… Y dime, ¿tú eres un hombre en su sano juicio?

Él empezó a dar golpecitos en la mesa, nervioso.

–No lo sé. Dímelo tú.

–Sí que lo eres. De hecho, eres tan sensato que a veces me das miedo.

–Gracias –gruñó.

–Pero aún no me has dicho su nombre…

–Breanna Black. Es terapeuta y tiene su propio negocio. Hace potingues con productos supuestamente naturales, habla con sus plantas y se pasa la vida dando fiestas.

–O sea, que es divertida.

–Demasiado. Y no puedo perder el tiempo con una mujer como ella.

–Ah, vaya… Creo que lo empiezo a entender. La has estado rehuyendo, ¿verdad?

–Sí… No. Bueno, no exactamente –dijo mientras se levantaba de la silla–. Pero será mejor que te deje, porque tengo cosas que hacer. Ha surgido un problema que debo solventar antes de volver a Hobart.

–En ese caso, recuerda que te espero el viernes por la noche. Y no te llamaré para repetírtelo. Yo también estoy muy ocupada.

–Descuida… No te haré perder tu precioso tiempo.

Sunny soltó una carcajada y cortó la comunicación.

Leo estaba tan desconcentrado cuando salió del restaurante que estuvo a punto de tropezar con el jefe de contabilidad del Heaven.

–Ah, Gerald, buenos días.

–Buenos días, Leo.

–Me alegro de verte, porque quería hablar contigo antes de marcharme. Necesito que echemos otro vistazo al presupuesto.

La reunión con Gerald duró más de lo que Leo esperaba y, como luego tuvo que hablar con otros clientes, no tuvo ocasión de llamar a su sexy vecina hasta las nueve y media, cuando ya se encontraba de camino a Hobart.

Pero Brie no contestaba.

—Vamos, Breanna, contesta de una vez…

Al final, saltó el contestador automático. Y Leo escuchó la voz grabada de Brie con impaciencia.

—Hola, soy Leo. No te molestes en devolverme la llamada. Estaré en Eve´s Naturally dentro de noventa minutos.

Brie se tomó un descanso de media mañana en la sala que compartía con Sam y Lynda, una fisioterapeuta. Esperaba que estuvieran ocupadas y que no aparecieran, porque uno de sus clientes había cancelado una cita y no tenía nada que hacer durante un rato. Así que se sirvió un té, sacó el teléfono móvil para ver si alguien le había enviado algún mensaje importante y se quedó sorprendida cuando vio que Leo le había dejado un mensaje en el contestador.

Se puso tan nerviosa que dejó el teléfono en la mesa y se dedicó a mirarlo con temor. No quería oír su mensaje. Estaba convencida de que solo había llamado para pedirle el número de su cuenta bancaria, y lo encontraba demasiado humillante.

¿Cómo era posible que hubiera hecho el amor con ella y la despreciara de ese modo? ¿Cómo era posible que no hubiera dicho ni una palabra al respecto, que no le hubiera dado ni un beso ni un abrazo, que no le hubiera dedicado ni un simple gesto de cariño?

Y había algo más grave: era la primera vez que se

acostaba con un hombre que no quería repetir la experiencia.

Pero, hasta entonces, ella siempre había tenido el control de la situación. Siempre había establecido las normas. Y sus normas no tenían validez con Leo, que imponía las suyas.

Se bebió el té, se levantó de la silla y se acercó a la pila para lavar la taza. En ese momento, notó una presencia y se giró.

Era Leo, que acababa de entrar en la sala.

–Tu recepcionista me ha dicho que podía entrar –declaró–. Creo que se llama Jodie, aunque no he entendido bien el nombre.

Brie se quedó perpleja, sin saber qué decir.

–Se ha ofrecido a acompañarme –continuó Leo–, pero he pensado que se pondría a hablar contigo si aparecía con ella, y no quiero perder el tiempo.

Ella alcanzó un pedazo de papel de cocina y se puso a secar la taza con una atención exagerada mientras miraba a Leo, que estaba tenso como la cuerda de un arco.

–¿Y a qué quieres dedicar tu precioso tiempo? –le preguntó.

–A hablar contigo. Y te prometo que no te arrepentirás.

Ella se estremeció, encantada con su promesa. Pero se negó a seguirle la corriente.

–Pues es tu día de suerte… –empezó a decir con una sonrisa falsa–. Oh, vaya, demasiado tarde. Mi descanso ha terminado. Tengo que volver al trabajo.

Él apretó los labios, molesto.

–No, todavía no. He cancelado varios compromisos para venir a verte, así qué…

–¿Qué? –lo interrumpió–. Te recuerdo que estás en mi lugar de trabajo.

–Lo sé. He visto tu despacho al pasar.

–Pues esta es la sala que comparto con mis compañeras, quienes podrían aparecer en cualquier momento. Y tengo una reputación que mantener –afirmó–. Por no mencionar que yo también tengo compromisos laborales.

–Jodie me ha dicho que uno de tus clientes ha llamado para cancelar la cita que tenía. Sé que ahora no tienes nada que hacer. Y yo, tampoco.

–¿Y qué esperas? ¿Que me sienta halagada por el hecho de que dejes tu trabajo para venir a verme cuando más te convenga?

–No me convenía en este momento, pero estoy aquí.

–Ya, bueno… Pero resulta que yo me atengo a un dicho que seguramente conoces: el de no mezclar el placer con los negocios.

–¿Quién ha dicho nada de negocios?

Leo cruzó la sala en dos zancadas y la agarró de los hombros.

–¿Y quién ha dicho nada de placer? –replicó ella.

Él suspiró.

–Oh, Breanna… Sé que estás enfadada conmigo.

–Qué perceptivo eres –se burló.

–Tenía que irme. Me estaban esperando.

–Lo sé, pero no me molesta que te hayas ido, sino la forma en la que te has marchado.

Él frunció el ceño.

–¿Y por qué te molesta tanto? Se supone que lo nuestro es una relación sexual. Se supone que solo quieres eso, ¿no? Que solo queremos eso.

–Sí, solo queremos eso.

–Entonces, ¿dónde está el problema?

Brie tiró el papel de cocina en el cubo de basura y se pasó las manos por la falda, nerviosa.

–Habría estado bien que mantuviéramos una pequeña conversación poscoital… habría sido caballeroso, por así decirlo –afirmó–. Puede que desconozcas la etiqueta habitual en ese tipo de situaciones, pero te tendrías que haber quedado unos minutos.

–Y me habría quedado si no hubiera tenido una reunión a la que ya llegaba tarde. Una reunión que había retrasado para estar contigo –le recordó.

–¿Lo dices en serio? ¿Te habrías quedado? –preguntó–. Sé sincero conmigo, porque me dio la impresión de estabas deseando marcharte, y necesito saber a qué atenerme, aunque implique que no te importo en absoluto

Él asintió lentamente, como si estuviera calculando las palabras que iba a pronunciar.

–¿Que no me importas? ¿Cómo puedes decir eso? No he pegado ojo en toda la noche.

Brie dio su respuesta por válida; a fin de cuentas, las ojeras de Leo y su aire cansado demostraban que había dicho la verdad. Pero era consciente de que no había contestado a su pregunta. Se estaba callando algo.

–Yo tampoco he dormido mucho –le confesó.

Leo sonrió lentamente.

–Bueno, tengo una idea que te podría gustar…

Brie pensó que era una idea de carácter sexual y se maldijo a sí misma cuando notó que se había ruborizado como una adolescente.

–Te escucho.

–¿Estás libre el fin de semana que viene?

–Es posible. Si tu idea merece la pena, claro.

–¿Te gustaría conocer el Heaven?

Esta vez fue ella quien sonrió.

–Ya lo conozco, Leo.

–Pero esta vez será mejor… Sexo y una conversación poscoital mientras disfrutamos de unas vistas prodigiosas y de las viandas del hotel. Un fin de semana entero. ¿Qué te parece?

–Me parece una oferta de lo más tentadora –admitió.

–Entonces, ¿vendrás conmigo?

–Me lo pensaré.

Brie estaba encantada con la perspectiva de estar con él en el hotel Heaven, pero quería hacerse de rogar; Leo la tomó entre sus brazos y, antes de que ella pudiera pronunciar una sola palabra, asaltó su boca.

Fue un beso largo y apasionado, que Leo interrumpió de repente para mirarla a los ojos.

–¿Por qué te has detenido? –preguntó ella.

–Porque quiero cambiar de juego.

Leo le subió la falda y, a continuación, le metió las manos por debajo de la camiseta y le acarició los pezones mientras le mordisqueaba un lóbulo.

–¿Te gusta? –dijo él.

Ella suspiró.

–Oh, sí…

Leo apartó las manos de sus pechos, se las puso en los muslos y se empezó a acercar a su entrepierna. Pero se detuvo cuando ella le lanzó una mirada cargada de intensidad y dijo:

–Adoro este juego.

Fue como si se hubiera asustado. De hecho, Brie pensó que su expresión era la de un lobo que hubiera caído en una trampa.

–Eres un enigma, Breanna. Un enigma fascinante.

–Y eso te incomoda –afirmó ella.

–Descuida. Sé manejar mi incomodidad. Y manejarte a ti.

–Pues me gusta que me manejes… aunque solo en el sexo –puntualizó–. Eres un hombre muy atractivo, Leo Hamilton. Y, para mi sorpresa, he descubierto que me gustas mucho.

Él le apartó un mechón de la cara.

–Pasaré a recogerte el viernes por la tarde. ¿A qué hora terminas de trabajar?

–Estaré preparada a las cinco… No, mejor a las cuatro y media. Soy una mujer impaciente.

–Y yo un hombre impaciente.

Leo le acarició los labios, y ella respiró hondo.

–¿Va a ser un fin de semana tranquilo? ¿O apasionadamente sexual?

–¿Tú qué crees?

–Te lo pregunto para saber qué ropa debo llevar.

–Solo necesitarás lo que lleves puesto. Y tus píldoras anticonceptivas, porque supongo que las tomas…

–Las tomo.

–No sabes cuánto me alegro…

–Y yo.

Brie se dijo que todo iba a salir bien. No era más que una relación sexual. Una diversión. Un entretenimiento pasajero.

–Te daré una noche que no olvidarás nunca. O, más bien, dos. –Leo sonrió con picardía y señaló los pechos de Brie–. Pero será mejor que te bajes la camiseta.

–Oh…

Cuando Brie alzó la vista, Leo ya se había ido.

Capítulo Nueve

Leo se fue al norte de la isla, donde pasó gran parte de la semana. Tenía que ver a unos clientes y adelantar trabajo para estar libre el viernes por la tarde, pasar por Hobart a recoger a Breanna y llevarla al Heaven. Como se encontraba en una zona aislada no tenía cobertura telefónica. Pero casi se alegró; porque, de lo contrario, la habría llamado todas las noches por el simple y puro placer de escuchar su voz.

A las dos de la tarde del viernes, antes de subir al coche y dirigirse a Hobart, entró a un bar a tomarse un café y leer los mensajes del móvil. Y, entonces, vio algo que lo dejó helado: un recordatorio de que tenía que volar a Sídney a las cuatro de la tarde para asistir al concierto de Sunny en la Opera House. Su hermana se lo había enviado el día anterior.

¿Cómo era posible? Estaba convencido de que el concierto era la semana siguiente.

Sin perder más tiempo, abrió el calendario del teléfono y lo comprobó. Efectivamente, tenía que viajar a Sídney. Se había equivocado con las fechas. Había confundido el vuelo a la metrópoli australiana con su vuelo a Singapur, adonde debía viajar siete días más tarde.

Leo no lo podía creer. Estaba tan concentrado en

sus propias necesidades sexuales que se había olvidado de la persona más importante de su vida.

Se levantó de la mesa, pagó la cuenta y corrió al coche. Luego, arrancó el vehículo y se dirigió a Hobart mientras planificaba todos sus pasos. Obviamente, tendría que dejar el coche en el aparcamiento del aeropuerto. Pero si se daba prisa y no pasaba por casa para ducharse y cambiarse de ropa, llegaría a tiempo de subir al avión.

La situación no podía ser más irónica. Ni más lamentable.

El vuelo a Sídney salía a las cuatro y media de la tarde. Exactamente a la misma hora en que había quedado con Breanna.

Brie tuvo un viernes difícil, de mucho trabajo. Como no podía anular todas las citas de la tarde, suspendió su descanso matinal y renunció a la hora de comer para adelantarlas y estar libre a las tres y media.

Cuando llegó a casa, miró el móvil por primera vez en el día y vio que Leo había llamado tres veces. Estaba a punto de llamarlo cuando él se le adelantó.

–¿Breanna?

–Sí… ¿Qué ocurre?

–Siento avisarte tan tarde, pero tendremos que retrasar nuestro viaje. Tengo que ir a Sídney para asistir un concierto, y no puedo faltar.

Brie se sintió profundamente decepcionada. Sobre todo, porque la voz de Leo no sonaba triste, sino más bien tensa, como si ardiera en deseos de colgar el teléfono y seguir con su vida.

Al parecer, Leo Hamilton era tan grosero e insensible como Elliot.

–Solo estaré fuera esta noche. Volveré a Hobart por la mañana, aunque no sé cuándo, porque aún no he visto el horario de vuelos… Mi hermana…

Ella lo interrumpió.

–Fantástico. Lo he suspendido todo para estar contigo y ahora me llamas y me dices que no puedes porque tienes un plan más interesante.

–No tengo ningún plan más interesante, Breanna. Ha sido un simple error. Me equivoqué con las fechas y… Maldita sea, tengo que subir al avión. Están llamando por megafonía. Pero, como iba diciendo, mi hermana…

Brie no le dio ocasión de terminar la frase. Cortó la comunicación y, durante unos segundos, se quedó mirando la pantalla del teléfono móvil.

–No quiero oír tus excusas –dijo entre dientes–. No quiero más mentiras. Ya tuve suficiente con las de Elliot y mis padres. No quiero que me hagan daño. Y tú me podrías hacer mucho mas daño que nadie.

Brie no se divirtió nada. Se metió en el jacuzzi y se tomó un par de copas de champán, pero su humor no mejoró en absoluto. Hasta entonces, cada vez que tenía una noche libre, quedaba con sus amigos o daba una fiesta. Era lo mejor de la libertad. Poder elegir lo que hacía y con quién lo hacía.

Pero la libertad de aquella noche le supo amarga.

Desesperada, decidió asaltar el frigorífico y atiborrarse. Se sirvió una porción enorme de helado de mango, lo cubrió con crema de chocolate y hasta añadió unas almendras que habían sobrado de la fiesta de la semana anterior.

Sin embargo, no sirvió de nada. No dejaba de pensar en Leo y, por enésima vez, se preguntó si había hecho mal al cortar la comunicación sin concederle la oportunidad de explicarse.

Mientras daba vueltas y más vueltas al asunto, llamaron al timbre. Brie se acercó al monitor y se quedó asombrada cuando vio que era el repartidor de una floristería. Leo le había enviado cuatro docenas de rosas amarillas y una de color negro, sin tarjeta.

Pero no las aceptó. Odiaba ese tipo de regalos. Su experiencia le decía que las flores caras eran la excusa de una persona que se sentía culpable.

Las rosas de Leo le habían recordado algo que nunca podría olvidar. Lo que le había dicho su padre en el hospital donde falleció: que tenía un hermanastro, Jett.

Aquello cambió su vida. Por fin lo entendió todo. La frialdad de sus padres, y el hecho de que, nueve años antes, cuando su madre se mató en un accidente de tráfico, se diera cuenta de que no la había llegado a conocer.

¿Por qué no le habían dicho la verdad?

No lo sabía, pero el matrimonio de sus padres la había predispuesto contra las relaciones profundas. Y se mantuvo lejos de ellas hasta que conoció a Elliot, con quien hizo una excepción que terminó en desastre.

Una excepción que estaba a punto de repetir con Leo Hamilton.

Pero no quería enamorarse de él. No podía enamorarse de él. Amaba su libertad y su estilo de vida.

Al final, alcanzó el teléfono y marcó el número de Samantha.

−¿Qué vas a hacer esta noche? −preguntó sin preámbulos−. ¿Puedo dormir en tu casa?

−Por supuesto.

−Entonces, será mejor que pases a recogerme. He bebido tanto que no puedo conducir.

Una hora más tarde, mientras disfrutaban de unos tequilas en un club de la caleta de Sullivan, Sam le preguntó:

−¿Leo te gusta mucho?

−No… Bueno, sí, es decir… No quiero que me guste −le confesó−. De todas formas, ya sabes cómo soy. Las relaciones serias no van conmigo. De hecho, he tomado la decisión de no volverlo a ver.

−Pues va a ser difícil, teniendo en cuenta que le has alquilado tu casa y que va a vivir en East Wind −le recordó.

−Por lo que tengo entendido, no se va a quedar en East Wind. Y, en cuanto a mi casa, solo es un arreglo temporal. −Brie echó un trago y sacudió la cabeza−. El muy canalla me prometió un fin de semana de sexo y lo ha suspendido a última hora para marcharse a Sídney. Al parecer, tenía un compromiso ineludible.

–¿No te ha dicho cuál?

–He colgado el teléfono antes de que pudiera decírmelo.

–Oh, Brie… Tienes que dejar de hacer esas cosas.

–Es que no soporto las mentiras.

–Ya. Pero le colgaste el teléfono y ahora no sabes si ha mentido o te ha dicho la verdad.

Brie se encogió de hombros.

–De todas formas, no importa. No le gustan las fiestas. No es mi tipo de hombre.

–¿Ah, no? Por lo que me has contado, yo diría que tiene todo lo que te atrae: belleza, inteligencia y carisma. ¿Qué importa que no le gusten las fiestas?

–Bueno… No es que no le gusten las fiestas. Es que solo le gustan las fiestas de dos.

–¿Lo ves? Definitivamente, es tu tipo de hombre.

Brie suspiró.

–Pero me ha enviado un ramo de rosas…

–Qué horror –dijo Sam con ironía–. ¿Cómo se atreve?

–Las flores implican sentimiento de culpabilidad.

–O un deseo sincero de pedir disculpas.

–O una salida fácil… Llamas a una florista, haces un pedido y, dos minutos después, tu conciencia está tranquila –alegó.

–Sinceramente, creo que no eres justa con él. Al menos, dale la oportunidad de explicarse.

Brie sacudió la cabeza.

–Tengo miedo de lo que pueda pasar si se la doy…

La niebla de Sídney no se había disipado del todo, pero ya se empezaba a ver la pista del aeropuerto. Leo, que estaba en la sala de espera, volvió a mirar las pantallas de información. Su vuelo se iba a retrasar una hora más, así que le envió otro mensaje a Breanna. Siempre desconectaba el teléfono cuando se enfadaba con él.

Aquella mañana, antes de dirigirse al aeropuerto, había pasado por Darling Harbour para desayunar con Sunny y con el resto de los músicos de la Tasmania´s Hope Strings. Leo se había alegrado, porque era oportunidad perfecta para conocer a las personas con quien iba a trabajar Sunny y para asegurarse de que la aceptaban y de que sería feliz con ellos. Y era feliz. No había duda alguna.

Pero, durante el desayuno, se había dado cuenta de que uno de los músicos se mostraba especialmente cariñoso con Sunny. Se llamaba Gregor Goldworthy y, además de vestir de forma demasiado extravagante para su gusto, llevaba un tatuaje en el brazo, un piercing en la ceja izquierda y el pelo de punta, teñido de verde.

Por supuesto, Leo respetaba el estilo de los demás. Nunca había sido un hombre conservador. Y comprendía que Sunny le gustara, porque era tan bella como inteligente. Pero se sintió incómodo cuando notó que su hermana también se mostraba especialmente cariñosa con él.

¿Por qué no le había dicho que estaba saliendo con un hombre?

Leo sacudió la cabeza y volvió a mirar la pista del aeropuerto. La niebla había desaparecido, y los operarios iban de un lado a otro, preparando los aviones.

Su vuelo estaba a punto de despegar. Y él, a punto de volver con Brie.

Sam alcanzó el telefónico móvil de Brie y chascó la lengua.

–No puedes recibir llamadas si lo tienes desconectado…

–Lo he mirado varias veces y he leído sus mensajes –se defendió su amiga–. Al parecer, su vuelo se ha retrasado por culpa de la niebla. Y no lo he desconectado… Solo he apagado el volumen para no tener que hablar con él.

–¿Y por qué haces eso? –preguntó–. Siempre has sido la mujer más segura que conozco en materia de hombres.

–Pues esta vez no lo soy.

Brie alcanzó el té que había pedido y se lo llevó a los labios. Sentía una inseguridad desconcertante desde que habían hecho el amor.

–Necesito un poco de aire fresco –dijo de repente–. Me estoy asfixiando en este lugar.

–Pues vamos a dar un paseo. –Sam le devolvió el teléfono–. Seguro que te llama cuando llegue… Solo tienes que decirle que se reúna con nosotras en el mercado.

El día era fresco y el cielo estaba nublado, pero el mercado de Salamanca, uno de los más tradicionales de Hobart, bullía de actividad. Olía a crepes y a perritos calientes. Los puestos estaban llenos de todo tipo de objetos, desde lámparas hasta ropa, pasando por alfombras y comederos para pájaros.

Poco después de las dos en punto, el teléfono de Brie empezó a sonar.

–Es Leo –dijo a Samantha.

–¿Cómo te gustan las crepes? –preguntó una voz masculina–. ¿Con mermelada de fresa? ¿O con limón y azúcar?

Brie se quedó helada. Leo estaba a su lado, mirándola con picardía.

–¿Cómo has sabido que estaba aquí?

–Me has enviado un mensaje.

Brie se giró hacia su amiga y entrecerró los ojos. Ella no había enviado ningún mensaje. Había sido cosa de Sam.

–Traidora…

–¿Cómo? –preguntó Leo, desconcertado.

–Nada. Me refería a Samantha, porque el mensaje te lo ha enviado ella.

–Ah…

–Ya hablaré después contigo, Sam.

Samantha sonrió y, tras despedirse de ella y de Leo, se fue.

–Aún no has contestado a mi pregunta –dijo él–. ¿Cómo te gustan las crepes?

–Dame la de mermelada, por favor.

Leo se la dio y ella lo miró a los ojos.

–Siento haberte colgado el teléfono –se disculpó–. No debería haberlo hecho.

–No, no deberías. Pero lo haces con demasiada frecuencia.

–Lo sé, y lo siento.

–¿Es una costumbre tuya? ¿O solo me lo haces a mí?

–Me temo que es una costumbre –contestó–. Pero, ¿no vas a aceptar mis disculpas?

–Está bien… Las acepto. Pero solo esta vez.

Leo le lanzó una mirada tan intensa que Brie tuvo que hacer un esfuerzo para no apartar la vista.

–Sé que no te di la oportunidad de explicarte, pero me gustaría saber por qué me diste plantón.

Él dudó un momento, como si no estuviera seguro de querer decírselo.

–Está bien, te lo diré –dijo al final–. Pero en un lugar más tranquilo.

–En ese caso, sígueme.

Brie lo llevó hacia la parte alta de la calle, donde había un parque con bancos.

–Recibí tus flores. Eran muy bonitas.

–Me alegra que te gustaran.

–Y también eran muy caras.

–Eso no tiene importancia.

–¿Qué significaba la rosa negra?

–Bueno… supongo que pretendía ser una metáfora. Yo soy la rosa negra y tú, las de color amarillo… las flores que dan luz a mi vida.

–Pues no me las quedé.

–¿Cómo? Así que no te gustan las flores… Procuraré recordarlo.

–Claro que me gustan. Pero solo cuando me las regalan para disculparse por algo.

Brie se sentó en uno de los bancos y pegó un bocado a su crepe. Leo se acomodó junto a ella.

–¿Y bien? ¿Por qué me dejaste plantada?

–Como intenté explicarte antes de que colgaras el teléfono, cometí un error con las fechas de mis viajes. No apunté nuestra escapada al Heaven en mi calendario porque, sinceramente, no era necesario. No podía pensar en nada que no fuera eso…

–Bueno, me prometiste una noche inolvidable y, en ese sentido, has cumplido tu palabra. No olvidaré esto en mucho tiempo.

–Breanna, yo…

Ella alzó una mano para interrumpirlo. De repente, tenía tanto miedo de lo que Leo pudiera decir que no quería saber nada.

–Pensándolo bien, prefiero que no me lo cuentes. Estoy segura de que tenías una buena razón para marcharte a Sídney, pero es mejor que no le demos más vueltas. Lo nuestro no va a funcionar, Leo. No voy a ir contigo al Heaven.

Leo se volvió hacia ella y la agarró del brazo tan repentinamente que la crepe de Brie cayó al suelo.

–Escúchame, Breanna.

–Suéltame –ordenó ella.

Él no la soltó, aunque su contacto se volvió más dulce.

–Escúchame y no me interrumpas –insistió–. Hace semanas le dije a Sunny que asitiría al concierto que iba a dar en la Opera House… Ponte un momento en mi lugar. Imagina lo que sentí cuando me di cuenta de que lo había olvidado porque estaba tan obsesionado contigo que no podía pensar en nada más. Ni siquiera en mi propia hermana.

Brie suspiró, avergonzada por haber desconfiado.

–Así que fuiste a su concierto. Y estuviste a punto de olvidarlo por mi culpa. Lo siento muchísimo, Leo. Debí permitir que te explicaras.

–Sí. Debiste.

–Bueno… pero, al final, no lo olvidaste. Fuiste al concierto –dijo, intentando animarse un poco–. ¿Qué instrumento toca?

–El violín.

–Debes de estar orgulloso de ella.

–Lo estoy. Pero, ¿pero por qué colgaste el teléfono?

–Porque no quería oír mentiras. Y pensé que ibas a mentir.

–¿Tan mala opinión tienes de mí?

–No, es que…

–Es que te hicieron daño, ¿verdad? –la interrumpió–. Alguien te hizo daño y ahora no puedes confiar en los hombres.

Brie asintió.

–Hace años, estuve saliendo con un tipo que se ganó mi afecto con sus constantes atenciones. Se llamaba Elliot, y me engañé miserablemente con él. Me enviaba flores cuando cancelaba nuestras citas para marcharse con otra…

–No todos los hombres somos unos canallas –dijo Leo–. Siento haberte recordado a tu antiguo novio.

–No lo sientas. No es culpa tuya. Es que odio las mentiras.

–En cierta ocasión, mencionaste que no habías conocido a tu hermano hasta hace poco… ¿Cómo es posible? –se interesó.

–Mis padres no me dijeron nada porque Jett no es hijo de mi difunta madre, sino de otra mujer. Me lo confesó mi padre en su lecho de muerte.

–Debió de ser duro para ti…

Brie se encogió de hombros.

–Es lo que pasa cuando la gente se empeña en vivir entre mentiras y secretos.

Él apartó la mirada un segundo y dijo:

–Hablando de secretos, creo que aún no te he dicho que Sunny va a ser tu nueva vecina. La casa no es para mí, sino para ella. Va a vivir en Hobart porque conseguido un puesto en Hope Strings –le informó.

–¿Sunny está en Hope Strings? Vaya, eso es magnífico… Ardo en deseos de conocerla.

–Estoy seguro de que os llevaréis bien. Os parecéis en muchos aspectos. Es tan impulsiva y espontánea como tú… Pero, cambiando de tema, ¿tienes pasaporte?

Ella lo miró con perplejidad.

–Sí, ¿por qué?

–¿Has estado alguna vez en Singapur?

–No, pero…

–Es que tengo que ir la semana que viene, por asuntos laborales –la interrumpió–. Y he pensado que podrías venir conmigo.

Capítulo Diez

—No puedo ir a Singapur contigo, Leo —dijo Brie, aunque la idea la había entusiasmado—. Tengo clientes, compromisos, gente que depende de mí…

—Piénsalo bien. Volaremos en primera clase y nos alojaremos en uno de los mejores hoteles, el Marina Bay Sands.

Brie se dijo que había trabajado demasiado tiempo y demasiado duro como para arriesgar su reputación profesional y dejar en la estacada a sus clientes sin más motivo que el de marcharse de vacaciones con un hombre.

Pero no se trataba de un hombre cualquiera, sino de Leo Hamilton. Y la estaba invitando a un fin de semana en Singapur, con un vuelo en primera clase y alojamiento en un hotel tan famoso que había llegado a soñar con la piscina que tenía en la última planta de sus cincuenta y siete pisos de altura.

Era la oportunidad de una vida. Y, quizás, la aventura romántica de una vida.

—Yo…

—Podríamos marcharnos el viernes por la tarde y estar aquí el lunes a primera hora. Estarías en tu trabajo a la hora del almuerzo.

—Dicho así, ¿cómo me voy a negar?

Leo sonrió, aliviado. Aunque ni siquiera sabía por qué la había invitado a viajar a Singapur. Hasta entonces, siempre había tenido la precaución de separar los negocios y el placer. Pero Breanna había conseguido que cambiara sus normas. Y estaba dispuesto a hacer lo que fuera necesario con tal de verla desnuda y de hacer el amor con ella una y otra vez.

Al cabo de unos segundos, se levantaron del banco y tiraron los restos de sus crepes en una papelera.

–Ven a casa conmigo –dijo Leo.

–¿A casa? ¿Te refieres a West Wind? ¿O a East Wind?

–Tu casa, mi casa… ¿qué importa?

–Prefiero que no sea en West Wind. Porque, cuando lo nuestro termine…

Leo la comprendió perfectamente. Y le entristeció que su relación estuviera condenada a ser corta.

–¿Dónde está el hotel más cercano?

Ella soltó una carcajada.

–Vaya, veo que sabes ser espontáneo cuando quieres –bromeó–. Ven conmigo. Conozco uno a la vuelta de la esquina. Y es de cinco estrellas.

–Mientras tenga una cama, lo demás me da igual.

Brie volvió a reír.

–¿Quién necesita una cama?

El recepcionista del hotel no se inmutó cuando llegaron resollando y sin equipaje y pidieron una habitación. En cuanto les dio la llave, ella tiró de Leo hacia los ascensores, lo metió en uno y pulsó el botón de la planta correspondiente.

Pero Breanna no esperó a que a llegaran. Se abalanzó sobre él y lo besó sin contemplaciones, mientras le acariciaba entre las piernas.

–No vayas tan deprisa, Brie –dijo Leo, alarmado.

Brie lo miró con pasión y preguntó:

–¿Por qué no?

–Porque estamos en un sitio público.

–Piensas como una adolescente pacata –se burló ella–. Eres demasiado estirado y demasiado…

Brie no terminó la frase. Se limitó a reanudar sus caricias, y Leo se excitó tanto que ni siquiera recordaba si habían pulsado el botón de su piso. Pero las puertas se abrieron y los dos salieron del ascensor antes de hacer algo que, seguramente, los habría llevado a comisaría.

Cuando por fin llegaron a la cama, ya estaban completamente desnudos. Brie miró a Leo bajo la luz del sol que entraba por los balcones y, entonces, perdió la sonrisa y preguntó:

–¿Qué es eso?

Leo estaba acostumbrado a que se lo preguntaran. Breanna no lo había visto la última vez porque él no se había quitado la ropa para hacer el amor.

Él se encogió de hombros.

–No hemos venido aquí para que te cuente historias viejas.

–Puede que no, pero quiero que me lo cuentes.

Leo la miró y asintió lentamente.

–Está bien… Me lo hice en un incendio. Yo salí relativamente bien parado. Pero imagina esta misma cicatriz por todas partes… imagina una persona tan quemada que ni su propio hijo lo pudo reconocer.

–Oh, Dios mío…

–O imagina que sufres quemaduras en el cuarenta por ciento de cuerpo, como le pasó a mi hermana. Imagina tu discapacidad posterior, tus dolores diarios… –Leo sacudió la cabeza–. Aquel día perdí a mi madre y estuve a punto de perder a Sunny.

–Ahora entiendo que reaccionaras así cuando se quemó el aceite de esa sartén en mi cocina –dijo Brie–. ¿Cuántos años tenías?

–Dieciocho.

–Y le salvaste la vida a tu hermana –declaró ella con admiración.

–Sí, le salvé la vida, pero no soy ningún héroe –afirmó–. Y ahora, ¿podemos volver a lo que estábamos haciendo?

Leo la tomó entre sus brazos y la besó con delicadeza. Luego, la soltó, le dio la espalda y se acercó al equipo de música para encenderlo.

–Cuando me dé la vuelta, quiero que hayas olvidado esa historia. Pero quiero que la hayas olvidado por completo, Breanna, porque necesito estar dentro de ti y no me gustaría que mi pasado se interponga entre nosotros.

Él puso música y se dio la vuelta. Pero Brie no se había tumbado en la cama, sino en la moqueta.

–¿Tienes algo en contra de las camas?

–En absoluto. Son perfectas para dormir… –ironizó ella–. Pero ven aquí.

Leo estaba tan deseoso de volver a su lado que se llevó por delante un sillón y se pegó un buen golpe en la rodilla.

–Eso tiene que haber dolido. ¿Quieres que te bese la rodilla para que se te pase?

–Puedes besarme donde quieras. Aunque eso no es lo que más me duele en este momento.

Ella sonrió.

–Anda, cierra los ojos.

–Pero…

–¿Recuerdas la conversación que mantuvimos aquel día, cuando te dije que no soy de las que se dejan llevar en una discoteca? –preguntó–. Pues bien, no me voy a tumbar para que tú hagas todo el trabajo. Voy a estar encima de ti.

–Yo…

–Cierra los ojos, Leo.

Leo obedeció, nervioso. Brie se puso sobre él y empezó a besar y acariciar su cuerpo, bajando lentamente. Cuando llegó a la cicatriz, que se extendía por uno de los laterales de su torso, la acarició con los labios y dijo:

–Esta es tu historia, y es bella. Es una historia de valor y sacrificio.

Leo quiso abrir los ojos, pero los mantuvo cerrados porque las palabras de Brie lo habían puesto al borde de las lágrimas, y le dio vergüenza.

Sin embargo, su incomodidad duró poco. Breanna siguió bajando y, cuando llegó a su sexo, lo empezó a masturbar con la mano y a lamerlo y succionarlo implacablemente.

Leo no pudo hacer nada salvo dejarse llevar. Todas las fantasías que había tenido con ella palidecían miserablemente ante la potencia y la energía de la realidad. Y cuando ya estaba a punto de perder el control, Brie dejó de lamer, se puso a horcajadas sobre él y descendió poco a poco, dándole la bienvenida en el interior de su húmedo cuerpo.

Él abrió los ojos para mirar. Sus grandes senos flotaban libres, y los largos rizos negros de su cabello acariciaban su piel cetrina y sus oscuros pezones.

Durante unos segundos, se quedaron en silencio, mirándose.

Ninguno de los dos se movía. Era como si la Tierra hubiera dejado de girar y el mundo se hubiera detenido. Pero Leo pensó que, en todo caso, su mundo había cambiado para siempre.

Brie notó un destello especial en sus ojos, una luz que no había visto hasta entonces, y tuvo tanto miedo de interpretarlo mal que intentó convencerse a sí misma de que su imaginación le estaba gastando una broma pesada. Sin embargo, no podía negar que ya no eran los de antes. Leo había cambiado las reglas del juego al contarle aquella historia. Ahora tenían un vínculo. Un vínculo que se manifestó con toda claridad cuando se empezaron a mover.

La exigencia de la pasión y el deseo había adquirido un fondo más profundo, más intenso, más abrumador. Algo que estaba cargado de consecuencias problemáticas, porque se suponía que aquello era una aventura pasajera, no el principio de una relación romántica.

Minutos después, cuando ya habían alcanzado el orgasmo y descansaban juntos sobre la moqueta, mirando el techo, ella suspiró y dijo:

–Sé que te pedí una conversación poscoital, pero creo que es innecesaria. Acabamos de decir todo lo que nos teníamos que decir.

–¿Y qué teníamos que decir? –preguntó con cuidado, casi con miedo.

–Que eres un amante magnífico. Que somos unos amantes magníficos. Y, ahora, ¿qué te parece si nos vamos?

Él la miró con sorpresa.

–¿A qué viene tanta prisa?

Brie se levantó y empezó a recoger su ropa para vestirse. Necesitaba marcharse de allí. Tenía la sensación de que se estaba enamorando de Leo, y no se podía arriesgar a vivir otra experiencia como la que acababan de tener.

–A que tengo que encontrar mi pasaporte. Ya has visto el estado de mi casa… es un caos absoluto –declaró–. Además, mis pertenencias están repartidas entre East Wind y Pink Snowflake. Cualquiera sabe dónde lo he metido.

–¿Quieres que busque en West Wind?

–Si puedes echar un vistazo en el salón y la cocina…

–Eso está hecho.

–Y mira también en mi despacho. La llave de la puerta está en la cocina, en uno de los cajones –dijo–. Yo buscaré en el resto de la casa, si no te importa.

–¿Es que aún desconfías de mí?

Al ver su expresión de desconcierto, Brie sonrió. Ya no dudaba de Leo. Le había demostrado que era digno de su confianza.

–En absoluto. Ahora te conozco mejor.

Leo llevaba un buen rato despierto. Estaba en el dormitorio principal de West Wind, con Breanna tendida a su lado, aspirando su aroma.

No se parecía a ninguna de las personas que había conocido, y a veces no sabía qué hacer con ella. No estaba acostumbrado a estar con mujeres tan independientes. No las entendía. Siempre había salido con mujeres que no se habrían atrevido a desnudarse a plena luz del día y, que desde luego, no habrían intentado seducirlo en un ascensor.

De hecho, la mayoría optaba por hacer caso omiso de sus cicatrices y comportarse como si no las hubieran visto, para no tener que hacer preguntas incómodas. Pero Breanna las había aceptado con toda naturalidad, sabiendo que formaban parte de él.

Era sincera y no se andaba nunca con rodeos. Le gustaba tanto que hasta pensó que podría acostumbrarse a verla todos los días.

Y se asustó.

Rápidamente, se levantó y se dirigió a la cocina para tomarse un vaso de agua. Necesitaba pensar.

Tras saciar la sed, se puso a buscar el pasaporte por todas partes, pero sin éxito.

Aquella tarde, Leo estaba en el comedor de Brie, terminando el proyecto que necesitaba llevarse a Singapur al día siguiente. Brie se había ido a Pink Snowflake a buscar el pasaporte, y él se había dedicado a trabajar y a llevar sus pertenencias a East Wind, con intención de mudarse allí cuando volvieran a Hobart. Los muebles de Sunny no habían llegado todavía, pero prefería dormir en un suelo vacío antes que despertarse todas las mañanas en la cama de Brie y ponerse a pensar en su relación.

Mientras trabajaba, sonó el teléfono. Era ella.

–No encuentro el pasaporte. Ya no sé dónde buscar. Además, he estado haciendo el equipaje. ¿Tengo que llevar ropa elegante, por si tenemos que ver a alguno de tus clientes? –dijo.

–¿Ropa elegante? Olvídate de eso. No vamos a ver a ninguno de mis clientes, así que olvídalo y ponte a buscar el pasaporte de inmediato. ¿Tienes alguna idea de dónde lo viste por última vez?

–No. Y no lo he usado desde que estuve en Bali.

Leo suspiró.

–¿Quieres que busque en todas las habitaciones? Hasta ahora, me he limitado a buscar en los sitios que me indicaste.

–Tiene que estar en alguno de los cajones de la cocina…

–Me temo que no.

–¿Has mirado en el bote de galletas? Me refiero al que está junto al frigorífico, en el estante de arriba… el de la fotografía de una chica de la década de 1950.

Leo chasqueó los dedos.

–No se me había ocurrido…

–Pues busca ahí.

Capítulo Once

Brie estaba sentada en el borde de la piscina del Marina Bay Sands, contemplando los rascacielos de Singapur.

Leo se acababa de ir a una reunión. Y no se había ido precisamente descansado, porque habían llegado al hotel a la una de la madrugada y habían hecho el amor durante el resto de la noche, así que había dormido muy poco.

En cambio, ella estaba fresca como una rosa. A diferencia de él, había dormido varias horas durante el largo vuelo a Singapur, y tenía intención de visitar todas las boutiques del elegante hotel en cuanto terminara de desayunar.

La mañana se le hizo muy corta. Desayunó, visitó las boutiques, se sometió a un masaje de treinta minutos y, a continuación, se tomó un té en una de las cafeterías. Leo volvió a las dos de la tarde y la llevó al restaurante del famoso hotel Raffles, donde comieron y charlaron de lo que habían estado haciendo.

Cuando terminaron de comer, subieron a un descapotable y se dirigieron a los jardines verticales de Singapur. Leo los había visto muchas veces y, cada vez que iba, le gustaban más. Pero aquel día le parecieron sencillamente maravillosos, porque compartió la experiencia con una persona que los veía por primera vez.

–Es increíble… –dijo ella mientras miraba las impresionantes estructuras de metal cubiertas de vegetación–. Me recuerdan a esa película, *Avatar*.

–Sí, es cierto. Pero supongo que yo no puedo ser objetivo al respecto, porque tengo un interés particular por ellos. Un interés profesional.

–¿Y eso?

Leo le dio una explicación breve sobre el funcionamiento de las estructuras. Le habló de los paneles de energía solar, de las canalizaciones que recogían el agua de la lluvia y del sistema de riego.

–Mis asociados y yo estamos trabajando en un proyecto para hacer algo parecido en Australia –le informó–. Probablemente, cerca del puerto de Sídney.

Mientras charlaban, se detuvieron a comprar un par de helados. Leo no salía de su asombro. Con excepción de sus compañeros de trabajo, nunca había estado con nadie que se mostrara tan interesado en su vida profesional. Por supuesto, hablaba de vez en cuando con Sunny, pero hablar con Brie era distinto. Mucho más satisfactorio. Casi tan satisfactorio como el sexo.

–¿Qué estas pensando? –preguntó ella de repente–. Por tu mirada, cualquiera diría que es algo lujurioso…

Leo le dio un beso en la frente.

–Demasiado lujurioso para decírtelo en público.

–Entonces, volvamos a la habitación.

Él sonrió y sacudió la cabeza.

131

–No, todavía no. Quiero que veas el espectáculo de luz y sonido.

Brie se inclinó sobre Leo y le susurró al oído:

–¿Para qué? El nuestro será mejor…

–No tengo la menor duda. Pero sé que te va a gustar.

Tras ver el espectáculo de los paneles solares, que brillaban con todos los colores del espectro bajo los últimos rayos del sol, cenaron en un restaurante de la zona del río y volvieron a la suite.

Brie entró antes que él, y dejó las luces apagadas. Luego, se acercó a la ventana, admiró la vista nocturna durante unos segundos y se empezó a desnudar.

–Oh, Brie…

Brie miró el reflejo de su amante en el cristal.

–Quédate como estás. No te des la vuelta –dijo él.

Leo se acercó a ella y le puso un collar en el cuello.

–¿A qué viene esto? –preguntó, sorprendida–. ¿Qué significa?

–Significa que… Que quiero que nos sigamos viendo cuando volvamos a Hobart.

Ella frunció el ceño.

–No te entiendo…

–Quiero que seamos algo más que amantes. Quiero que sigamos con nuestra relación y veamos hasta dónde puede llegar.

Brie se dio la vuelta.

–Pensaba que buscábamos lo mismo, Leo… una relación sin ataduras, una diversión pasajera. Es lo que habíamos acordado.

–Sí, pero ¿quién ha dicho que no podamos cambiar de opinión?

–¿Me estás diciendo que tú has cambiado de opinión?

Leo guardó silencio.

–Oh, Dios mío.

Breanna miró el collar durante unos momentos y añadió:

–Creí que lo habías entendido. No soy como la mayoría de las mujeres. No quiero regalos.

–¿Y qué es lo que quieres?

Ella suspiró.

–Que sigamos como hasta ahora.

–Y seguiremos como hasta ahora. No te estoy pidiendo matrimonio ni nada parecido. Solo quiero una relación más estable… más exclusiva, por así decirlo.

Brie entrecerró los ojos.

–¿Más exclusiva? Ya es todo lo exclusiva que puede ser. Cuando estoy con alguien, no me acuesto con nadie más. Y espero que mi amante haga lo mismo.

–Bueno, no te preocupes por eso. Eres la única mujer que me interesa –dijo Leo–. Pero no te enfades conmigo. No pretendía ofenderte.

Ella apartó la mirada.

–Leo, ¿sabes lo que significa este collar?

–¿A qué te refieres?

–Este collar es una atadura. Y queríamos una relación sin ataduras.

Él se quedó sorprendido.

–No es ninguna atadura. Haremos lo que tú quieras. Solo quiero que seas feliz, pequeña mía.

–¿Pequeña?

Brie clavó la vista en sus ojos y, de repente, rompió a reír.

–Sí, bueno, es posible que sea pequeña en comparación contigo. A fin de cuentas, eres el hombre más alto con quien me he acostado nunca.

–Y tú, la mujer más alta con quien yo me haya acostado. Pero siempre serás pequeña para mí –dijo con humor.

Siempre.

Brie pensó que había pronunciado esa palabra como si hablara en serio y se sintiera cómodo con su significado. Como si hubiera tomado una decisión y esperara que ella la acatara. Pero ella no quería un siempre. Ella solo quería su libertad. Y seguía convencida de que el amor era un camino seguro hacia el dolor.

–Leo…

–¿Sí?

–¿Podríamos seguir siendo amantes y nada más que amantes? Aunque solo sea por esta noche.

Leo notó un fondo de desesperación en la voz de Brie, así que se acercó a ella, le puso las manos en los senos y susurró:

–¿Por dónde quieres que empiece?

–Por donde has empezado –respondió–. Pero quiero que sea lento y dure mucho…

Leo sonrió.

Estaba con una mujer que lo desconcertaba, y a quien no siempre entendía. Sin embargo, la entendía perfectamente en la cama. Y estaba más que dispuesto a cumplir sus deseos.

***

Aterrizaron en el aeropuerto de Sídney a las siete y media de la mañana del lunes y, cuando pasaron el control de pasaportes, Leo llevó a Brie a la fila de los taxis y se despidió de ella. Tenía que hacer un viaje a Melbourne. Un viaje del que no le había dicho nada.

–¿Cuándo vas a volver? –preguntó ella.

–Dentro de un par de días. Tengo que ayudar a Sunny con la mudanza, pero no he tenido noticias suyas y quiero saber si todo va bien. ¿Qué vas a hacer esta semana?

–¿Además de trabajar a destajo para recuperar el tiempo que he perdido en Singapur?

Leo sonrió.

–Me refería a tus noches, no a tus días.

Brie lo sabía de sobra, pero necesitaba tiempo para pensar.

–Me temo que voy a estar ocupada. Tengo un acto benéfico y varias fiestas a las que debo asistir.

Súbitamente, Brie sacó la cajita del collar y se la ofreció.

–Agradezco tu intención, Leo, pero no necesito regalos.

Leo se sintió tremendamente ofendido.

–¿Y qué quieres que haga con él?

–Haz lo que te parezca. Véndelo… o dónalo a alguna ONG.

–No. Quédatelo tú. Es tuyo.

Él se había puesto las gafas de sol, así que Brie no podía ver sus ojos. Sin embargo, no necesitaba verlos para saber lo que sentía. Estaba tan tenso como desconcertado.

–Leo, yo…

–¿Quieren que los lleve a alguna parte? –preguntó en ese momento un taxista.

Leo sacudió la cabeza y, antes de marcharse, contestó:

–Yo vuelvo al aeropuerto. Pero lleve a la señorita a Hobart, por favor.

Cuando Leo entró en su casa de Melbourne, descubrió que el vestíbulo estaba lleno de cajas cerradas, preparadas para la mudanza.

–¿Sunny? ¿Estás por ahí…?

Su hermana apareció de inmediato.

–Ah, hola, Leo… Estaba…

–¿Por qué no me has esperado? –preguntó, señalando las cajas–. Te dije que te ayudaría…

–Lo sé, pero no era necesario.

Él frunció el ceño.

–¿Siempre tienes que ser tan independiente? No me digas que lo has hecho tú sola.

–No te preocupes por mí. Me ha ayudado un amigo.

Sunny miró detenidamente a Leo y se dio cuenta de que le pasaba algo. Algo que no tenía nada que ver con su mudanza.

–¿Estás bien? –le preguntó.

Leo se encogió de hombros. No quería hablar de su fin de semana en Singapur. Especialmente, porque había cometido el error de mencionar a Sunny que iba a ir en compañía de una amiga, y habría tenido que dar demasiadas explicaciones.

–Parece que estés a punto de marcharte… –dijo, cambiando de conversación.

–Sí, así es. El camión de la mudanza llegará en cualquier momento.

–¿Te ibas a ir sin decírmelo?

Leo se sintió como si le hubieran arrancado el corazón. Su hermana ya no lo necesitaba. Se había convertido en una mujer independiente, y lo había expulsado de su vida.

–No, Leo, por supuesto que no.

–¿Entonces?

–Las cajas se van hoy, pero yo no me marcho hasta mañana por la tarde. No me podía ir sin cenar con mi hermano preferido… Bueno, si es que puedes cenar conmigo, claro. La señora Jackson ha preparado ese guiso que tanto te gusta…

Él suspiró lentamente.

–Por supuesto que cenaré contigo. Y, ahora, dime a qué hora sale tu vuelo de mañana… Tengo una reunión por la tarde, pero puedo pasar a recogerte y llevarte al aeropuerto.

Ella carraspeó.

–Leo… Me voy con un amigo de la orquesta. De hecho, voy a quedarme en su casa hasta que me envíen mis cosas. Estaré con él una semana o dos.

Leo se quedó helado.

–¿Un amigo?

–Sí.

–Ah, claro… Gregor Goldsworthy.

–Es un buen hombre. Me cuida muy bien.

Él respiró hondo.

–Espero que sí. Porque, de lo contrario, tendrá que vérselas conmigo.

Sunny sonrió de oreja a oreja.

–Me alegra saber que mi hermano siempre estará dispuesto a defenderme… Que siempre estará a mi lado si lo necesito

Era obvio que ya no lo necesitaba. Y se volvió a sentir como si todo estuviera cambiando y no pudiera hacer nada por impedirlo.

–Pues ahora tenemos un problema… Llevé mis cosas a East Wind, pensando que no te mudarías tan pronto. Pero no te preocupes por eso. Me mantendré lejos de ti.

–¿Y qué ha pasado con West Wind? ¿No se la habías alquilado a esa mujer…?

–Sí, pero no ha salido bien.

Sunny arqueó una ceja.

–Ah, vaya. Así que es la mujer misteriosa con la que has estado saliendo. La mujer que te ha acompañado a Singapur.

–No he estado saliendo con ella. Solo nos hemos visto un par de veces.

–Pero te la has llevado a Singapur, y eso no es propio de ti.

–Mira, Sunny…

Leo no terminó la frase. Conocía a su hermana, y sabía que no la podía engañar. Además, necesitaba hablar con alguien.

–¿Qué harías si un hombre te regalara un collar de diamantes?

Ella lo miró con interés.

–Es un regalo muy especial. No sé qué decir. Supongo que eso depende de quién me lo regalara y de cómo fuera nuestra relación –contestó.

Leo sacudió la cabeza.

–Da igual. Olvídalo… No tiene importancia.

–¿Qué es lo que no tiene importancia? ¿Tu relación? ¿O el collar de diamantes?

Él gruñó.

–Te he pedido una respuesta clara y ya estás a punto de psicoanalizarme, Sunny…

–Está bien, está bien, te daré tu respuesta –dijo–. Veamos… Creo que, si no estuviera muy segura de mi relación con ese hombre hipotético, o si pensara que queríamos cosas diferentes, me resistiría a aceptar un regalo tan caro.

–Y dime una cosa… Si el collar te lo regalara ese amigo tuyo, el hombre con el que te vas a quedar… ¿lo aceptarías?

–Por supuesto. Le daría las gracias y lo llevaría con amor.

–¿Con amor?

Ella asintió en silencio, y él se estremeció.

–No me digas que estás enamorada…

–Eso me temo.

–No sé lo que te ha pasado, Leo, pero hay una cosa de la que estoy segura: expresar tus sentimientos no es un síntoma de debilidad.

–Si tú lo dices…

Capítulo Doce

Leo tenía que ir a Victoria el martes y volver a Melbourne al día siguiente por motivos de trabajo; así que no pudo volver a Hobart hasta el miércoles por la noche. Y, aunque consideró la posibilidad de alojarse en un hotel, decidió ir a East Wind y dormir en un colchón hinchable. Sin más razón que estar cerca de West Wind.

Tras dar vueltas y más vueltas pensando en los acontecimientos de los días anteriores, se levantó del colchón, se acercó a una ventana y se quedó mirando la mansión de su vecina, que estaba a oscuras.

Ya no intentaba convencerse de que Brie no era su tipo de mujer. Al fin y al cabo, no era el tipo de nadie. Era única. Era Brie. Fuerte, inteligente y sexy. Sincera, directa, desordenada y con un gran sentido del humor. Una mujer que le inspiraba y le divertía. Un verdadero desafío. Y una amante con la que no se cansaba de hacer el amor.

Amor.

Esa era la palabra adecuada. Lo que sentía cuando estaban juntos, cuando entraba en su cuerpo y se quedaba mirando sus grandes ojos negros. Lo que había rechazado hasta entonces. Lo que ya no quería rechazar.

Se puso unos vaqueros y una camiseta y se dirigió a West Wind. Vio a Brie a través de la ventana de salón, sentada en un sofá. Estaba inclinada hacia delante, como si le doliera el estómago.

Leo pensó en llamar al cristal de la ventana, pero no la quería asustar; de modo que entró en la casa y la llamó antes de llegar al salón.

–¿Brie?

Cuando la vio, se llevó una segunda sorpresa. No estaba inclinada hacia delante porque le doliera nada, sino porque estaba tejiendo lo que parecía ser una bufanda de lana.

–Hola, Leo…

–Hola. Me he llevado un buen susto… Pensaba que estabas enferma.

–¿Enferma? ¿Por qué?

–Porque te he visto encogida y he pensado que…

–Ah, eso. Solo estoy haciendo una bufanda.

Leo se acercó y la miró con desconfianza.

–Ahora que lo pienso, ¿qué haces aquí? ¿No habías dicho que tenías varias fiestas esta semana? –preguntó–. No me digas que solo fue una excusa para no verme.

Ella apartó la mirada.

–¿Por qué, Brie?

–Por esto… Por nosotros –dijo–. Porque es mejor que lo dejemos ahora.

–¿Por qué? –insistió él.

Brie se levantó y le lanzó una mirada cargada de reproche.

–Porque no necesito un hombre en mi vida. Estoy

bien como estoy. Me gusta mi forma de vivir y me gusta mi libertad.

—Entonces, ¿quieres que me vaya? ¿Eso es lo que me estás pidiendo?

Para sorpresa de Leo, los ojos de Brie se llenaron de lágrimas.

—¿Estás llorando? —continuó.

—No, por supuesto que no… —dijo entre sollozos—. Bueno, sí…

—Aún no puedo creer que me hayas mentido. Siempre he pensado que odiabas las mentiras.

—Y las odio. Lo cual demuestra que eres una mala influencia para mí. Cambiaste las reglas de nuestra relación sin decirme nada, Leo. Siempre tienes que controlarlo todo. Siempre tienes que ser el jefe —lo acusó—. No permites que los demás tomen sus propias decisiones.

—Yo soy como soy, Brie.

—Un obseso del control.

A Leo le pareció una acusación tan injusta que perdió la paciencia con ella.

—Déjame que te diga algo sobre el control… Toda mi vida ha estado determinada por los actos de mi padre. Se presentaba en casa de mi madre, se llevaba el dinero del alquiler y desaparecía hasta que se quedaba sin blanca. Éramos tan pobres que me tuve que poner a trabajar cuando solo era un niño.

Leo se pasó una mano por el pelo y siguió hablando.

—Tenía dieciocho años cuando, una noche, volví de trabajar y me lo encontré discutiendo con mi madre. Cuando intervine, me lanzó un puñetazo y se lo devolví. Creo que le partí la nariz. Y me sentí maravillosamente bien. Pensé que se lo merecía. Empujó a mi madre y huyó como el cobarde que era. Yo pensé que nos lo habíamos quitado de encima, pero me equivoqué. Volvió esa noche, cuando estábamos dormidos, y prendió fuego a la casa. La prendió porque yo perdí el control y le di un puñetazo.

—No, eso no es verdad…

Brie se levantó del sofá e intentó tocarlo, pero él se apartó.

—Eso no es cierto, Leo. Te limitaste a proteger a tu madre —insistió ella, en voz baja—. Pero, ¿qué ha sido de él?

—¿De mi padre? Murió. En el incendio que provocó él mismo.

—Oh, Dios mío… Lo siento mucho. No debería haber…

—He cuidado de Sunny desde entonces —la interrumpió—. He estado con ella durante sus operaciones, durante los procesos de rehabilitación… todo el tiempo. Yo era la única familia que tenía, y estaba obligado a tomar las decisiones por la simple y pura razón de que no había nadie más que las pudiera tomar. Puede que me haya convertido en un obseso del control, pero no tuve más remedio. Y no me voy a disculpar por lo que soy.

—No te estoy pidiendo que te disculpes.

—Entonces, dime qué me estás pidiendo —preguntó, entrecerrando los ojos—. ¿O es que tienes miedo de decírmelo?

Brie palideció de repente y se alejó de él.

–Será mejor que te marches, Leo.

–¿Mejor para quién, Brie?

Ella no contestó.

–No eres la mujer que afirmas ser. Me dijiste que ibas a estar de fiesta en fiesta y te has dedicado a quedarse en casa, tejiendo una bufanda. Me has mentido a mí, pero sobre todo te has mentido a ti misma… ¿Por qué, Brie? ¿Qué te asusta tanto?

–Márchate, Leo. Por favor –rogó ella.

Leo se dio la vuelta y se dirigió a la salida, pero se detuvo al llegar a la puerta y preguntó:

–¿Seguro que quieres destruir lo que tenemos? ¿Sin saber hasta dónde puede llegar?

–Eres un hombre especial, Leo. Y me he divertido mucho contigo. Pero quiero recuperar mi libertad.

Él soltó una carcajada sin humor.

–Quería decirte que estoy enamorado de ti y que te quiero en mi vida.

Brie miró a Leo con horror, como si tuviera una enfermedad contagiosa.

–No puedes estar enamorado de mí…

–¿Por qué no?

–Porque, aunque sea cierto que lo estás, tu amor desaparecerá más tarde o más temprano. Y, entonces, me abandonarás. Quizá te quedes conmigo, pero me abandonaras emocionalmente. Y esa es la peor clase de ausencia. La más dolorosa.

–¿Eso es lo que Elliot te hizo? ¿Lo que te hicieron tus padres? Porque, si es así, debo recordarte que yo no soy como ellos. Sabes de sobra que no lo soy…

Estás siendo muy injusta conmigo. Y con nuestra relación.

–Lo siento, pero no soportaría que me abandonen otra vez. No lo voy a permitir.

Él sacudió la cabeza.

–No, no se trata de eso… Se trata de que no te quieres arriesgar. Ni siquiera ahora, cuando te estoy abriendo mi corazón.

–No puedo… –dijo con un hilo de voz–. No debo…

–La vida es riesgo, Breanna. Yo he asumido un riesgo enorme al venir a tu casa esta noche y decirte que te amo. Pero está bien… si quieres que me vaya, me iré –dijo–. Piénsalo detenidamente y, cuando hayas tomado una decisión, házmelo saber. Solo te pido que no tardes demasiado, porque la vida no es solo riesgo, también es muy corta.

Leo se fue, y ella se sintió tan débil que se sentó en el suelo y se empezó a mecer, desesperada. No podía creer lo que había pasado.

Se había convencido de que podía controlar la situación, y ahora pagaría el precio durante el resto de su vida.

Porque eso era lo que iba a necesitar para olvidarlo. Toda una vida.

Unas semanas después, Brie miró el caos de su consulta y se maldijo por no ser tan ordenada como Leo. Tenía que hacer un pedido de productos; pero no encontraba la lista que había impreso el día anterior. Y, por si eso fuera poco, solo faltaban diez minutos para que llegara la clienta nueva que había pedido cita a Jodie.

Salió de la consulta y se dirigió a recepción, llevándose una papelera por delante. Al llegar, descubrió que la clienta ya la estaba esperando. Era una rubia preciosa, que llevaba un bastón. Tenía ojos azules y una sonrisa que le recordó a alguien.

–Buenos días –Brie echo un vistazo a la ficha informativa que le pasó Jodie–. Veo que te llamas Sky. Bienvenida. Yo me llamo Brie.

Tras llevar a Sky a la sala de tratamientos, puso un poco de música tranquila y dijo:

–Siéntate, por favor. Aquí pone que quieres un masaje de manos y un tratamiento facial a base camomila y frutas.

–En efecto –Sky dejó el bastón en el suelo.

–Y también pone que eres de Primrose Bay…

–Sí, bueno, me alojo en casa de un amigo que vive allí.

–Pero Primrose Bay está a cuarenta y cinco minutos en coche. ¿Por qué has venido desde tan lejos? Seguro que hay otros locales parecidos en tu zona.

–Porque vi la página de Eve´s Naturally en Internet y me gustó vuestra forma de usar los productos naturales –respondió con una sonrisa.

Brie también sonrió.

–En ese caso, empecemos.

Pocos segundos después, empezó con el masaje.

–¿Sales con algún chico? –preguntó Sky de repente.

–No. ¿Y tú?

–Sí, estoy saliendo con una persona desde hace cuatro meses. Es un hombre maravilloso.

–Me alegro…

–Pero, por desgracia, mi hermano es tan exageradamente protector que no lo entiende.

–Bueno, algunos hombres son así. Seguro que no pretende controlarte.

Sky rio.

–Seguro que sí. Pero es el mejor hermano que se pueda tener, y no lo cambiaría por nada del mundo. Aunque no se lo digo con mucha frecuencia… Supongo que se comporta así porque aún no se ha acostumbrado al hecho de que ya no soy una niña, sino una mujer adulta que sabe cuidar de sí misma –dijo con humor–. ¿Nunca has conocido a un hombre que te pareciera especial y que te hiciera sentirte especial?

–Sí, pero yo no quería una relación seria. Solo quería mi libertad.

–Comprendo…

–Pero aún no sé si lo rechacé por eso o por miedo a arriesgarme.

–¿Te dijo si estaba enamorado de ti?

–Sí.

–Vaya… –dijo, con expresión pensativa–. A los hombres les cuesta decir esas cosas. No están acostumbrados a hablar de sus sentimientos. Pero, si solo han pasado unas semanas desde que te lo dijo, es de suponer que no habrá cambiado de opinión…

Brie frunció el ceño mientras le pasaba una toallita limpiadora por la mano.

–¿Cómo sabes que me lo dijo hace unas semanas?

Sky la miró un momento y contestó:

–Lo sé porque Leo Hamilton es mi hermano. Y no soporto verlo tan triste.

Brie se quedó helada.

–Pero su hermana se llama…

–Sunny Sky, aunque todos me llaman Sunny. Siento haberte engañado, pero necesitaba conocer a la mujer que ha conquistado el corazón de Leo –dijo–. Por cierto, él no sabe que estoy aquí. Te agradecería que no le dijeras nada.

–No, claro…

–He estado unos días sin verlo, pero comí ayer con él y lo encontré muy deprimido, aunque, por lo menos, se atrevió a hablar de lo que siente. Y me consta que le cuesta mucho. Siempre quiere tener el control de la situación, ¿sabes? Es por culpa de algo que pasó hace años –afirmó–. ¿Por qué no lo llamas?

–No creo que quiera hablar conmigo, Sunny.

Sunny sonrió.

–Seguro que quiere hablar contigo. Confía en mí. O, mejor, confía en él.

Capítulo Trece

Brie se acostó a medianoche, pero se levantó poco después de la una de la madrugada. No podía dormir, así que bajó a la cocina y se sirvió un vaso de leche caliente y se dirigió al salón, donde se sentó.

La visita de Sunny Sky la había obligado a afrontar sus miedos e inseguridades y había hecho que se replanteara completamente la situación. Había sido injusta con Leo. Se había dejado dominar por su viejos fantasmas y se había comportado de forma cobarde.

Por supuesto, Brie no estaba segura de que pudiera reparar el mal hecho. Pero lo podía intentar. Y, a la mañana siguiente, durante uno de los descansos del trabajo, lo llamó por teléfono.

–¿Breanna? ¿Eres tú? Qué coincidencia…

–¿Coincidencia?

–Sí, estaba a punto de llamarte para decirte una cosa. Pero, ¿qué tal estás?

–Bien… Bueno, no. No estoy bien.

–Lo siento mucho.

–¿Qué me querías decir?

–Oh, nada importante… –mintió–. ¿Y tú?

–Es un asunto de negocios.

–¿De negocios?

–He estado pensando mucho en Pink Snowflake,

y tengo una propuesta que te puede interesar. Pero preferiría hablarlo en persona.

–Claro…

–¿Te parece bien mañana, a las cinco de la tarde? Podemos quedar en tu trabajo.

–Mejor a las seis. A las cinco tengo un cliente.

–Muy bien. Entonces, nos veremos a las seis… Hasta mañana, Brie.

Leo llamó a la puerta de su consulta a las seis en punto de la tarde del día siguiente. Brie se llevó una mano al moño que se había hecho en el pelo y dijo:

–Adelante…

Leo entró y la saludó. Llevaba un traje de color gris oscuro, con camisa blanca y corbata granate, que le quedaba maravillosamente bien. Y, en cuanto lo vio, Brie supo que lo había echado de menos.

–Siéntate, por favor.

–Gracias.

Leo se sentó y entró directamente en materia.

–He venido para proponerte un acto de recogida de fondos para Pink Snowflake. Hablé con los Hope Strings y estarían encantados de dar un concierto gratuito por una causa tan buena como la vuestra. Incluso he alquilado un local, uno de los mejores de Hobart… El Sunrise Sunset –le informó.

–¿Has alquilado el Sunrise Sunset sin decírmelo?

–Es que el proyecto de Pink Snowflake me gusta mucho. Y estoy dispuesto a seguir adelante aunque no cuente con tu apoyo… Pero preferiría tenerlo.

–Y lo tienes, por supuesto. Pero cuéntame más.

Él sonrió.

–Creo que puede estar preparado para dentro de ocho semanas. He pensado en llamar a algunos famosos para que el acto tenga relevancia social.

–Me parece una idea excelente…

Leo asintió y miró el reloj de la pared, como si tuviera prisa por marcharse.

–¿Qué querías ayer? ¿Por qué me llamaste?

–Te llamé para pedirte un favor. Necesito una persona que sea tan organizada como ordenada. ¿Conoces a alguien que responda a esa descripción?

–Sí. Yo.

–Pues te estaría muy agradecida si me pudieras ayudar. Voy a llevarme el negocio a Pink Snowflake… pero, como ves, esto es un verdadero caos. Y necesito que me echen una mano.

–En ese caso, te la echaré. Como favor personal.

–Gracias. Estoy segura de que harás un gran trabajo. Hasta puedes organizar un nuevo sistema de archivos, siempre y cuando me enseñes cómo funciona… En fin, ya hablaremos del acto en el Sunrise Sunset. Ahora me tengo que marchar.

Brie se levantó del asiento, se desabrochó la chaqueta y se la quitó. Leo se quedó asombrado al ver lo que llevaba debajo. Se había puesto un vestido negro ajustadísimo, con zapatos de aguja.

–¿Vas a alguna fiesta?

–Sí.

Brie abrió el bolso, sacó el collar que le había comprado en Singapur y añadió:

–¿Me lo puedes poner? Siempre tengo problemas con el cierre.

–Por supuesto.

Leo se lo puso y, tras darle las gracias, Brie pulsó el botón del intercomunicador para hablar con Jodie.

–Márchate cuando quieras, Jodie. Hemos terminado por hoy.

–Bueno, será mejor que yo también me vaya –dijo Leo.

–No te vayas aún. Necesito que hagas algo más.

Brie lo llevó al interior de la sala de tratamientos y cerró la puerta. Leo se la quedó mirando y empezó a entender lo que pasaba.

–Si tienes planes para esta noche, cancélalos –declaró ella.

–Los tenía, pero acaban de quedar automáticamente cancelados –dijo–. ¿Esta es la fiesta a la que tenías que asistir? ¿Una fiesta para dos?

–Sí. Pero, si esperas sexo, me temo que no lo vas a tener.

Él frunció el ceño.

–¿Una fiesta sin sexo?

–Sin sexo y sin interrupción alguna hasta que yo lo diga.

–Está bien…

Brie lo miró con intensidad.

–Tenías razón cuando insinuaste que soy una cobarde. Tenía miedo de dejarme llevar por lo que sentía, pero ya no lo tengo. He comprendido que la libertad y el amor no son antónimos… Me lo enseñaste tú cuando me contaste lo del incendio. Te amo, Leo. Y quiero pasar el resto de mi vida contigo, así que tengo una propuesta que hacerte.

Abrió el bolso, sacó una cajita y se la dio.

—Cásate conmigo.

Leo arqueó las cejas.

—¿Que me case contigo?

—Sí, eso he dicho. Y, ahora, ¿qué te parece si abres la caja?

Leo la abrió al instante. Contenía un anillo de diamantes y rubíes que, naturalmente, intentó ponerse.

—Me temo que no me cabe… Tendrás que llevarlo tú.

—Sí, ya lo veo. Pero aún no has dicho nada sobre mi propuesta.

Él le puso el anillo y dijo, con una sonrisa:

—Claro que me casaré contigo, Breanna. Pero con una condición.

—¿Cuál?

—Que nos vayamos ahora mismo a West Wind.

—¿Para qué? —preguntó, sorprendida.

—Para hacer el amor, por supuesto.

Leo se despertó y miró a Brie, que estaba tumbada a su lado. Habían acordado que mantendrían la casa de Melbourne para ir de vacaciones, aunque vivirían de forma permanente en West Wind.

—Despierta, preciosa…

Brie abrió los ojos.

—No estaba dormida. Solo estaba pensando.

Él le puso una mano en un seno y le acarició el pezón.

—¿En qué? ¿En esto?

–No, no estaba pensando en el sexo, sino en tu hermana. Deberías darle las gracias por lo que hizo. O soltarle una buena reprimenda por meterse en la vida amorosa de los demás.

–No te entiendo…

–¿Es que no te ha dicho nada de que vino a hablar conmigo?

Leo se quedó atónito.

–¿Me estás diciendo que habló contigo para que me dieras una oportunidad?

–Sí, pero no te enfades con ella…

–¿Y por qué me iba a enfadar? Me ha hecho un favor tremendo.

Leo llevó la mano al pubis de Brie y le acarició el tatuaje que tenía.

–¿Por qué te tatuaste una fresa?

–Por rebeldía. Pero también, porque me encantan las fresas… Son bonitas y dulces.

–Dos atributos que tú también tienes.

–¿Dulce? ¿Yo? Pensé que íbamos a ser sinceros el uno con el otro.

–Bueno, puede que no seas tan…

Ella rio.

–Te estoy tomando el pelo, Leo. Si tú crees que esa descripción me define, será verdad.

Leo le puso una mano el estómago y se preguntó si Brie querría tener hijos. Esperaba que sí, porque él quería tenerlos. Pero se limitó a decir:

–¿Sabes una cosa? Creo que le habrías gustado mucho a mi madre. Casi tanto como a mí.

Brie le dedicó una sonrisa encantadora.

Epílogo

El Sunrise Sunset estaba lleno de gente. Hope Strings los había deleitado a todos con una selección de Vivaldi y Purcell; y los invitados, que habían pagado una buena suma por asistir al acto, se dedicaban a disfrutar de los canapés y las bebidas.

En determinado momento, Brie vio a su hermanastro entre la multitud y se llevó a Leo para presentárselo.

–Hola, Brie… –dijo Jett con una gran sonrisa.

–Hola, hermanito. –Brie le dio un abrazo y se giró hacia Olivia–. ¿Qué tal llevas el embarazo?

–Unos días bien y otros, peor.

–¿Y qué me vas a dar? ¿Un sobrino? ¿O una sobrina?

–Un sobrino. Si fuera una sobrina, no daría tanta guerra… –comentó con humor–. Pero, ¿qué me dices de ti? ¿Has pensado ser madre?

Brie sonrió a Leo y contestó:

–Por supuesto, aunque queremos esperar un poco.

–¿Esperar? Eso mismo dije yo, y mírame ahora…

Leo intervino en ese momento.

–¿Alguien quiere algo de beber?

–Yo mismo –contestó Jett–. Pero te acompaño al bufé. Quiero que conozcas a un amigo mío…

Horas después, Leo y Brie estaban bailando en la pista del Sunrise Sunset.

–¿Lo ves? –preguntó Brie con una sonrisa–. Soy capaz de permitir que un hombre me lleve en la pista de baile.

–Y yo, de permitir que una mujer me lleve en la cama… –replicó–. De hecho, estoy dispuesto a demostrártelo esta misma noche.

De repente, ella miró el reloj y dijo en tono de broma:

–Oh, Dios mío, no me había dado cuenta de lo tarde que es. Será mejor que nos marchemos de inmediato.

–No tan deprisa, cariño. Quiero bailar contigo un poco más.

–Si te empeñas…

Tras unos momentos de silencio, en los que no hicieron nada salvo dejarse llevar por la música, Leo dijo:

–No cambies nunca, por favor. Me encanta tu forma de ser.

–Y a mí me encanta la tuya.

–Bueno, al menos estoy seguro de una cosa… de que, tal como somos, no nos aburriremos nunca.

Ella le dio un beso en la mejilla y sentenció:

–Eso es verdad.

Deseo

LA PASIÓN NO SE OLVIDA

JULES BENNETT

El príncipe Lucas Silva deseaba desesperadamente olvidar la ruptura de su compromiso, hasta que un accidente hizo que olvidara la identidad de su prometida. Ahora pensaba que su fiel asistente, Kate Barton, era su futura esposa. Y ella tenía órdenes de mantener la farsa.

Interpretar el papel de su amada no suponía ningún esfuerzo para Kate, que llevaba años enamorada de su jefe. Pero las normas de palacio prohibían que los miembros de la realeza intimaran con los empleados, así que Kate sabía que su felicidad no podía durar.

¿Estaría el príncipe dispuesto a olvidar las reglas?

¡YA EN TU PUNTO DE VENTA!

Acepte 2 de nuestras mejores novelas de amor GRATIS

¡Y reciba un regalo sorpresa!

Oferta especial de tiempo limitado

Rellene el cupón y envíelo a
Harlequin Reader Service®
3010 Walden Ave.
P.O. Box 1867
Buffalo, N.Y. 14240-1867

¡Sí! Por favor, envíenme 2 novelas de amor de Harlequin (1 Bianca® y 1 Deseo®) gratis, más el regalo sorpresa. Luego remítanme 4 novelas nuevas todos los meses, las cuales recibiré mucho antes de que aparezcan en librerías, y factúrenme al bajo precio de $3,24 cada una, más $0,25 por envío e impuesto de ventas, si corresponde*. Este es el precio total, y es un ahorro de casi el 20% sobre el precio de portada. !Una oferta excelente! Entiendo que el hecho de aceptar estos libros y el regalo no me obliga en forma alguna a la compra de libros adicionales. Y también que puedo devolver cualquier envío y cancelar en cualquier momento. Aún si decido no comprar ningún otro libro de Harlequin, los 2 libros gratis y el regalo sorpresa son míos para siempre.

416 LBN DU7N

Nombre y apellido	(Por favor, letra de molde)
Dirección	Apartamento No.
Ciudad	Estado Zona postal

Esta oferta se limita a un pedido por hogar y no está disponible para los subscriptores actuales de Deseo® y Bianca®.
*Los términos y precios quedan sujetos a cambios sin aviso previo.
Impuestos de ventas aplican en N.Y.

SPN-03   ©2003 Harlequin Enterprises Limited

Bianca

¡Seducir a aquella belleza distante iba a ser el mayor reto de su vida!

La reputación del seductor e implacable empresario Gene Bonnaire lo precedía. Pero Rose ya había conocido a tipos como él y estaba decidida a no dejarse embaucar de ninguna manera. Sin embargo, el carismático Gene siempre conseguía lo que quería y, en ese momento, su propósito era comprar la tienda de Rose para poner uno de sus restaurantes de lujo… y llevársela a la cama. Rose no podía negarse a su generosa oferta de compra…

El sabor del pecado

Maggie Cox

$\mathcal{D}eseo$

PARTE DE MÍ

CAT SCHIELD

El millonario Blake Ford disponía de tan solo un verano para conseguir lo que se proponía. Había elegido a Bella McAndrews, una hermosa mujer criada en el campo, como madre de alquiler para su hijo, y unos meses después la convenció para que trabajase para él como niñera. Así solo era cuestión de tiempo alcanzar su verdadero deseo: hacerla su mujer. Blake sabía que su hijo merecía el amor de una madre y estaba decidido a conseguir también para él el amor de Bella… hasta que un oscuro secreto del pasado quedó desvelado, poniéndolo todo patas arriba.

¿Acabaría siendo su esposa?

¡YA EN TU PUNTO DE VENTA!